野孩子的梦

Emma◎著

译林出版社

图书在版编目（CIP）数据

野孩子的梦 / Emma著. —南京：译林出版社，2015.6
ISBN 978-7-5447-5541-2

Ⅰ. ①野… Ⅱ. ①E… Ⅲ. ①随笔-作品集-中国-当代
Ⅳ. ①I267.1

中国版本图书馆CIP数据核字（2015）第124942号

书　　名	野孩子的梦
作　　者	Emma
责任编辑	王振华
策划编辑	李 含 潇 潇
出版发行	凤凰出版传媒股份有限公司 译林出版社
出版社地址	南京市湖南路1号A楼，邮编：210009
电子邮箱	yilin@yilin.com
出版社网址	http://www.yilin.com
印　　刷	北京尚唐印刷包装有限公司
开　　本	710×1000毫米　1/16
印　　张	16.5
字　　数	130千字
版　　次	2015年6月第1版　2015年6月第1次印刷
标准书号	ISBN 978-7-5447-5541-2
定　　价	39.80元

我像个早熟的孩子，
从小就被同伴讥笑穿了太宽大的袍子、
和不合脚的尖皮鞋，
不够漂亮可爱，
于是孤独倔强地自己去墙角玩一只泥巴船。
直到有天醒来，
发现不知不觉已经长大，
那件彩色的袍子不大也不小地贴着身体，
周围全是惊叹，
说这是我最美的时刻。
成长，是这样的吧？

Eimao.

EL

Emma说

城里遍地都是盖着金毡子的谎言

小王子在黑森林里　给尖下巴巫婆磕着瓜子

魔镜蒙上灰尘

蛾子身穿荷叶边长裙　在旁边扮着仙女

猫女爵刚在拍卖场上得了辆钴蓝色的老爷车

载着小男友出来兜兜风

爱丽丝终于发现　今天世界不太一样

于是她也脱下格子衬衫和百褶裙　把金色辫子松散开

飞一样出去疯去了

自序

你那里　也有一个妖精

不停地被问起，为什么要写一本书？

早年每一个电商分子，基本都是一个折翼的文青啊。是不是？都抱着天大的野心和小小的才华，无非是会写点短文章、听歌时爱挑虚火的乐队、走在海边都要一脚海水一脚沙。这样的心境里，是都想写一本书的，这跟想开一个花店、想有一个咖啡馆没什么两样。

不停地被问起，为什么要写这本书？

这是一本自传吗？是本自传吗？自传吗？

不是的。这不是一本自传，这不是一个励志故事。虽然这故事里大部分都是一个女孩子的成长经历和创业故事，但它本身，应该是一个拟人化了的品牌的自传。她是怎样长成了现在的妖精的口袋？她的骨子里，和她的创始人有着怎样的血脉联系，他们之间又是为什么有一样的性格和脾气？

不停地被问起，为什么叫野孩子？

听起来像个爆炸头、雀斑鼻子、嘻嘻哈哈的古铜色姑娘，是这样吗？

野孩子在我的老家是用来称呼那些不听话的、无法无天的、晃荡在外面整日不回家的孩子。

在我的心里，野是生命力，是蓬勃顽强的攀爬，是敢于追求阳光水土的力量。而孩子则永存天真的想象力，善良拙稚。

野孩子是妖精的拟人化形象，是一个外表叛逆多变，却拥有着不竭的激情和想象力，热情自由的追梦者。

最后被问起：妖精其实是你自己吗？

嗯，这么说吧。

我和妖精的关系，就像这样——

我很认真地对她说：

“那个，我自负，爱臭美，更年轻那会儿觉得自己什么都可以尝试，什么都能做成，并且，应该会长生不老。”

“还有，我胆大，不合群，刚创业那会儿觉得不会有什么承担不了的后果，世界很大梦想很牛，并且，努力过就一定有获得。”

妖精听完我说这些就一直笑，笑得瘫倒在沙发上揉肚子。

“原来这都是你的基因。怪不得我脑子里老是有怪诞的念头冒泡，怎么喝药水也阻止不了。没什么朋友像我这样的个性，一面细腻敏感一面又要做侠客装强硬。”

“原来这都是你的臭毛病。我在学校时自己都不晓得应该站在好学生还是坏学生的队伍里，老师恨透了我翻墙去看演出和上课打呼噜，却拿我的漂亮分数没办法。”

然后我俩笑累了，坐在地毯上一起喝啤酒。

聊了很多事，除了那些嘻嘻哈哈以外的正经段子。

在我们的记忆里，我们上过一样的大学，有过一样不被理解的言论。毕业后我去做了老师，她在北京做文编，弹得一手好钢琴。

她的额头上有个疤，我以为我也有，下意识摸了一把，却是颗痘。那是她在沽源县的老掌沟采风时经历一场小车祸留下的。

心有灵犀地聊了很多夜晚，她发出无法到达的想念我的短信。

之后我上床睡着，她慢慢隐去。

她是我的双生面，我的影子，我的田螺姑娘和神笔马良。她却不是我。

她是更立体的自己。

你那里，也有一个妖精。

她是你隐形的闺蜜，她的身上有你从小未完成的连你都忘了的愿望，比如一个酒窝一个美人顶。

她的身上有和你一样的成长痕迹，也做过公主梦，也想过逃课，认真善良，努力地对待感情，也对第一场面试中和蔼的人事经理印象深刻。

她的身上有你未达成的自己，她热情、叛逆、自由，你想当画家却没能上艺校，结果发现她竟然工笔、水彩和油画都超棒。你想去没去成的大世界，她已经替你去了七八次，在梦里给你发过好多照片，你甚至听得到耶路撒冷的风。

你和她并排站在镜子前，你俩合成一个人影。

镜子闪闪发亮。

写这本书的时候，去了很多旧地方拍照片。小县城熟悉的老路，任教的学校，来南京之后第一处租赁的房子。

去原来任教的学校时，门卫已经换了人，非常敬业地不让进去拍照，电话打给老同事才得逞。翻新了的各栋教学楼，五·一班的指示牌，一届比一届早熟的高年级孩子们围着相机做鬼脸。那个学校是我的母校，我在这儿的附属幼儿园上大班，然后到小学，到旁边的中学，一直到考去师范学校。我在童年和少年时期是个默默无声的小孩，太过内向、上课不积极举手发言、视力不太好、理科学得不怎么样，因为住得比同学远，晚自习结束后需要独自骑蛮长时间的自行车穿夜路回家。

南京的第一间房租在宁夏路上，离北京西路很近。省政府在附近，特别安静。南京著名的老梧桐树立满马路两旁，春夏时候尽掉飞絮和毛毛虫。

一年之后，我搬离那边，用小电瓶车一车一车把行李拖走。一周之后，半夜在新家怎么也找不到大学时候的轮滑鞋和旧吉他，想了半天应该是遗忘在旧房间的衣橱里了。后来却再也联系不上女房东，到现在都心塞得慌，好像某段回忆的钥匙，给落在了门背后。

写这本书的时候，喝了不少酒。美女编辑来催稿的时候，还被我带去边吃蒜蓉小龙虾边喝白葡萄酒直到沉醉不知归路。

一直号称酒量是遗传自我爸，喝完之后的话痨癖和精力旺盛也是跟他一模一样。二十一岁时，春节家宴上端起他的白酒杯敬了叔叔伯伯们一杯酒，回家挨批评说一个女孩子怎么可以主动喝白酒。我嘴里“哦哦”着，心里想的是他根本不知道师范毕业时，那酒瓶堆满女生宿舍的壮观相。

后来高兴和不高兴时，得意和失意时，写文案、做设计、拍照片时都会喝酒，慢慢地，我开始收集各种酒和酒具。甚至在这本书最后的附录里，还有一篇同伴写的各种跟我醉酒的故事，她说我的酒杯里怀揣着月亮。

我滴酒不沾的妈妈，有次在热烈回忆我小时候趣事的谈话里，兴致昂扬地说到了我小时候那么乖巧，从中学到大学到工作进了那么好的单位，漂亮能干，丝毫不让她费神。然后，然后就在高潮处卡壳了，她端起我爸的杯子，敬了婶婶阿姨们一杯。满脸红扑扑。

“你是怎么长成了和我们不一样的人呢？明明从小吃我做的饭，看我买的书，也不知道是哪里出了问题，在哪个拐点上突然就拐上了另外一条路。”

满堂哄笑，大家更热烈地喝酒。

写这本书的时候，想起来不少事。惹了一帮共同找往事的朋友在深夜里扑啦啦掉眼泪。

写这本书的时候，才知道走出去那么远。书柜里有最早的安妮宝贝、有米兰·昆德拉、有冯唐、有《我的阿勒泰》，大堆孟庭苇和范晓萱的卡带。

再往前的镜像，是五六岁时候的夏天，外公总是会叫住到厂区院子里卖西瓜的小贩，大咧咧地整担买下，让每家的孩子过来领。而我跟中了魔咒似的，每次抱着大西瓜回家的路上必将西瓜摔破，然后如受了天大的委屈一般大哭着重新跑回外公家，最后由外公一手牵着一手拎着装西瓜的竹篮子再送回家里去。

这些旧事里，有柔软、脆弱和不可逆的遗憾，它们和其他坚硬、倔强和有刺角的记忆挨在一起，慢慢熬出香气。

写完这篇，妖精在我旁边睡着了。还没洗澡，抽了一根烟，吃了半个梨。

我知道，明天当我在办公室开例会的时候，她已经在西班牙。

找高迪或者毕加索谈一场新的恋爱。

祝她逍遥，愿她欢喜。

Emma

2015年4月22日

ELF SACK

目录
CONTENTS

A WILD CHILD'S DREAM

TO
HAVE
SOMEONE
WHO
REMEMBERS
HOW
FAR
YOU'VE
COME

ELF SACK

好女孩有糖吃

A WILD

怪孩子的城堡

Emma说

每个表情淡漠的怪小孩 心里都有一捧火种 等着闹钟响起来的时候 果断点一把冲天大火 烧红沉闷的森林 然后蹲下来等待 待新芽从焦黑的灰烬里冒尖 待一个新鲜勃勃的还带着腥甜味的世界 用仿佛从未笑过 路过 爱过 活过的圣洁表情 听一个未来

CHILD'S

DREAM

“独生子女政策刚施行的年代，不开朗合群对一个小孩来说是巨大的缺点吧？”

“八十年代初的娃，理想不是当老师当医生当科学家，是要被隔离教育的吧？”

我如此这般丢了十八九个问题给我娘亲，她基本用打哈哈的态度默认了我，对着镜子急忙选了条漂亮丝巾喜笑颜开和姐妹们去逛街了。

好吧，小时候的我半点都没有遗传她的开朗外向。

在这个出趟门都会遇到九成熟人的小镇上，孤僻、敏感、少话、怪孩子，是我童年的关键词。

当别的小姑娘在玩过家家和洋娃娃的时候，我就跟在男孩子后面，跟他们举着竹竿玩打仗玩沙子，还经常把别人打哭到需要父母晚上拎着鸡蛋去赔礼道歉。

唯一一个布娃娃，还因为我要在沙发上用一大桶水给她洗澡结果换来一顿暴打之后，被我迁怒记仇打入了冷宫。

更多的时候，我都是一个人待在家里，想着法子玩怪游戏。

嗯，比如——

搜罗出家里所有的板凳和椅子，大大小小，高高低低，从客厅到卧室再拐到厨房，排成一座“壮观”的“桥”，再把我爸我妈我自己的皮鞋高跟鞋拖鞋扔在“桥”下的两边，好了，它们就是各种“大鱼”和“小鱼”。然后主角登场，我举着晾衣杆做的“鱼竿”走上那座颇有难度的“桥”，历经艰险不畏路途遥远去“钓鱼”，成就感十足。

嗯，再比如——

我还会从床底掏出放置好久的旧鞋盒，剪出门和窗户，再放进去小药瓶、麻将、用纸折好的大床。然后，我从“门”和“窗”看进去，整个下午，一动不动。脑子里的场景不停地来回转换，药瓶是一个叫李蚊子的姑娘挑裙子准备去舞会，麻将是叶银杏先生，他新得了只金猫咪，“屋子”里的老鼠其实是精灵，等着大人出门后就出来把墙壁呼啦换成橘红色……

比起其他小姑娘的公主梦，我更好奇的，是外面的世界。导火索是幼年时父亲从外地带来的极其好吃的红富士，是重庆表弟的细眼睛和黄头发，是进城前兴奋得像过年的穿长筒靴的舅妈，是怪孩子读过的无数童话书。

父母曾经对我的性格大伤脑筋甚至大光其火，最终“你怎么不能像别人家的孩子……”的美好愿望也随着我越发固执的长大，落了空。

后来从教时再看到性格孤僻的孩子，我会想，每个表情淡漠的怪孩子，心里应该都有一捧火种，其实敏感又热情。他们自己搭建城堡，当不愿意和外界打交道时，便躲回来。城堡里常年住着的，是宝贵的想象力、天真和孩子气。

ELF SACK

A WILD

成长就是
等待春暖花开

Emma说

把情绪集中起来 捏橡皮泥玩
把迷恋集中起来 捏橡皮泥玩
捏个荷花不带叶子 捏个龙头
不上墙面 是不是觉得 总缺点
火候 总缺点个睛 总是还忘不
掉 那一股子 孤傲气

CHILD'S

DREAM

小镇的孩子都倔强要强。也是，学习好坏才是检验你是株好苗还是棵歪树的最高标准啊。不是吗？

匪夷所思吧，从小学开始就有高考一般严苛的考试。从进校门的那一天起，所有的孩子就必须立马把自己切换频道，努力苦读天天向上。

除了“不积极举手发言”这条，老师给我的评语里各项都是优异。

但我的世界并没有被死板的应试教育搅到灰暗，因为内心有充盈的世界。接触的事物越来越多，对小镇以外的世界的好奇心就越来越大，视觉越来越敏锐，内心变得更加明亮和灿烂。因为学习成绩优异，顺理成章成了老师和家长眼里的“好孩子”。只是，他们不知道，这个内向羞涩的“好孩子”藏着什么样的大秘密。

就这样，不慌不忙，在自己的森林里独自成长，我非常轻巧地度过了我的小学生活。

读中学以后，学校的作息时间发生了变化，一个月只有一天休息，其间也没有什么娱乐活动，所有的人整天都埋在书堆里。整个教室望过去，全是一个一个脑袋顶。这种窒息日子里，每天最快乐的时光，就是课间飞奔去厕所的路上。低头路过长长的紫藤花走廊，有丰满的大黑蜂在花间嚣张地跳着它们的广场舞，有时候撞上女生的脸，引起一片尖叫和周遭男生的口哨。青春期女生匆忙的碎步和绯闻，在压抑的书页与考题间起了化学反应，尤喜尤忧，倒也是有趣的回忆。

初三的时候，化学课来袭，我第一次掉出前十名。张榜公示的排名让我一口气跑回家锁门大哭，把书包及文具从三楼一股脑扔到楼下。课本躺在地上哼唧得比我还惨。

父母被我这样的叛逆行为惊呆，“野心”露了馅。

满大街的小店都在放齐秦的那首《外面的世界》，我只记住了前半句——“外面的世界很精彩”。

中考结束后，我死活都不肯填报高中，以高出大截的分数毅然选了师范。

放弃了未来的大学。

十六岁，我选了眼下的自由，迫不及待地开始了人生第一次出逃。

填报过志愿后，我就开始了莫名的亢奋。在父母不情愿的眼神里，哼着小曲忙着采购各种Hello Kitty的饭盒、哆啦A梦的毛巾，还把一头长发剪成了板寸。哦，忘了说，那会儿范晓萱作为板寸女的鼻祖，还比我慢了那么几个月才行动。

在一片惋惜声里，我拎着我的大箱子，冲到了向往已久的位于大南京的学校宿舍，被宿舍老师按个头斤两分了个最宝贵的上铺。

Emma说

有天早上 眼睛醒了 耳朵醒了 心里开了扇诺大的门 哐当一声 推开了 于是你坐在一个仿佛平常的清晨里 周围的小虫子嗡嗡地将曾经的故事讲给你听 所有的结都在那天打开了 后来 你换了和平时一样的大棉袍出门走在薄雾里 谁也不知道 你那天的变化 你的脸上 有朵玫瑰花

新生入学第一晚，同宿舍的其他七个姑娘都躲在被子里哭得惊天动地。被窝里的我斜靠在墙上，双眼盯着窗外那绚烂的路灯，不停地打量这个新世界，被兴奋搅到辗转难眠。

那时，电话是要省着硬币、排着队打的，每次打电话回家，妈妈都带着哭腔，怕我不能照顾自己，怕我受委屈，怕我逞强不说有困难。其实我是真的真的被自由新天地冲昏了头脑，哎，其他任何譬如生活费不够啊专业课难学啊一个人不认识路啊因为瘦小抢不到开水啊等等问题，那都不是事儿啊。

师范学校的老师们和原先的先生们大不同，记得文选课的第一课即是让每个人上去讲一篇自己最得意的文章，我颤巍巍地在讲台上讲了《父亲和山》的矫情作文。底下的同学们愣了几秒钟，满堂彩；舞蹈、钢琴和声乐这些我毫无基础，新奇又胆怯，我把所有的晚上和周末时间都砸在舞蹈室和琴房里，叮叮咚咚，咪伊伊啊啊啊。上帝保佑很见效。

师范的第三年换导师，新老师初次批的文章上写着评语：“早就听说你，果然不虚传。”

生命一下子被打开，窗子和门同时开了。

我在操场上夜跑，直到大汗淋漓。第一次觉得从毛孔里透出的畅快，觉得自己奔跑的姿势真的是美呆了，连溅起来的泥巴都带着噼里啪啦的欢呼。

我是一粒被丢下一分的鼓励就会爆发出十倍百倍的自我鼓励的种子，我特别需要这种力量，从小到大都需要。在信任的眼神里，无处不是春暖花开。

A WILD

从教的1755天

Emma说

有时候满脑子英文 有时候满脑子古文 有时候满脑子未来 有时候满脑子现在 有时候满脑子过不去的坎 有时候满脑子去你妈的有什么了不起 有时候 有时候想服服软 笑成一个傻妞 编麻花辫子 蹦跶蹦跶

CHILD'S

DREAM

师范毕业，跟万千毕业故事里一样的不省人事的宿舍酒会和无可奈何的各奔东西。因为想保留“教师编制”的铁饭碗，我被“打回”原籍。

等待分配的暑假，每天傍晚我都像无头苍蝇一样在固城湖的长堤坝上发呆，想要出去看看世界的愿望已经短暂完成，就像爱丽丝在兔子洞里经历完各种奇闻逸事，醒来时发现还是需要在夕阳西下时赶回家去吃晚饭然后听听唠叨和八卦。

在迷茫到眼神无光的情况下，父亲对我进行了一次意义深远的安抚性谈话。大意是鸿鹄也需要先耐得住燕雀的生活、卧薪丝毫不影响今后一撅而起勇闯天涯云云。我听进去了，而且两眼重新放光热血澎湃。

现在想，我爸在后来的某一长段时间里应该都对那次谈话悔恨不已。

2002年8月底，我服从分配，成了一名幼儿园教师。

县城最好的学校也是对女孩子而言最适合的单位，我妈甚至因为这样的分配结果连买菜时的姿态，都优雅自大了好多。

如果说每个事业单位里都不乏一两个热情的大姐型老员工，对你实行从新人流程培训到各领导脾性介绍到重雷区提醒甚至到私生活咨询和关怀之一条龙服务的话，那么第一个单位里这样的大姐实在是很多个。

教诲多到我几乎要混淆了到底“踏入社会”之后，是业务能力重要还是人际关系更重要。

有点愤青了，呵呵。也没那么严重，只是那会儿的自己，情商尚未发芽吧。

一年半之后，我迎来一次机会。

所在幼儿园的附属小学，急招英语老师，原因是五年级的其中三个班级，在这次全县统考中，英语成绩坐底，校长颜面尽失，家长意见巨大。但迫于压力，无人肯接烂摊子。

我在机会和挑战界限分明的喜忧参半里，硬着头皮去面试。

2004年2月，我的人民教师生涯，从以温柔为标签的幼儿园教师，变成前途未卜的小学英语老师。

直接接手了那三个成绩差的班级，作为一只菜鸟，第一次走进课堂时，我特意选了最淑女的一套连衣裙，缀着荷叶边的裙摆，珍珠色高跟凉鞋，直发淡妆。

嗯，其实和青春剧不同的是，并没有被新来的漂亮女老师吸引了眼球所以默然无声然后热烈鼓掌的全体学生，只有对上课铃完全无感继续哄闹的六十三名大孩子。五年级的男生，后几排的已经是一米七五的个子，一边丢纸条一边捂嘴一边还斜眼看着讲台。

我清清嗓子，用自以为最威严的声音问：

“你们在干吗？没有听到上课铃么？”

最后一排的白皙男生站起来回答：

“老师，我们在开记者招待会。请问你第一次给我们上英语课什么感受？”

完全超编排的临时情节。

我，竟然，很不争气地眼眶一热，差点就要决堤了！

记不清楚怎么上完第一课的，三个班级，都是如此。

在从教路上最自豪的一件事情，是我坚信的，十岁左右的孩子，所谓的“入门”其实只是对老师的喜爱和认可，在此基础上，浅显基础的知识会是愉快又简易接受的过程。

所以，我所有的攻关工作就从“入门”开始了——

润物细无声的动作有：

因为不舒服也好，想拉近距离也好，我换掉了淑女装，穿上破洞牛仔裤和卫衣T恤上场。

会花半堂课的时间来跟他们聊天。做过很多很多别的同事看起来很神经的事。

例如，我们曾经花四十分钟来做一个行为测试，结论是不要盲目模仿和信任别人的言行，要有自己的想法和坚信，我还在那堂课下课时嘚瑟地说过“今后你们上大学了工作了都一定会记得这堂课教给你们的这句话”。

把流行歌曲的部分歌词翻译成简易英文来唱。

拿记单词打赌，赌注是公开小时候的糗事。

小测试的成绩不再依照排名发试卷，成绩漂亮进步大的学生会在拿到试卷的同时收到一个小小的各式图案的“储物小铁盒”，他们稀罕得要死，觉得那是周董唱的“半岛铁盒”。

放学可以留下来找我聊天，甚至聊喜欢的男生女生，Miss Su是保险箱。

有个笑话，有天早上同办公室八卦的中年同事问我是不是处对象了。在我疑惑否定之后，他义正辞严道昨天傍晚明明有人看到我和一个高高白白的男孩子一起出了校门，他还体贴地替我撑着伞！

“……”

真相是，那是个下课后留下答疑的学生，就是第一堂课上那个大声挑衅我的男生。

有力度的动作有：

我在我家那个十二平方米的客厅里开了一桌补习班，每晚六点到十点，分两堂课，每堂课十个人，连同方桌角落，满满当当。

三个班英语成绩最差的几个学生，每天晚饭后准时来报到。

破旧的厂区宿舍楼，楼道很黑，暖色灯泡昏暗，学生嘻嘻哈哈的每天争相上楼是道风景。

也有心存疑虑的家长，把孩子送到门口旁听半晌；有很感激的家长，拎来大桶色拉油，在低矮的楼道里差点撞了头。

“客厅补习班”持续一年。

六年级第一学期第一次全县统考，之前倒数的三个班级摇身一变，名列第一、二、三名，所有人对成绩愕然，黑马教师打了个漂亮的翻身仗。

因为这批毕业生的成绩，后面的一切都很顺利。我接着带了一届学生，从三年级起。甚至当我烫了满头小卷的爆炸头，作为人民教师形象的颠覆者开始躲着校长室走路之后，校长都睁只眼闭只眼极和蔼地装作没看见。

原本头疼的职场人际也没那么骇人了，隔三差五给介绍对象的大婶们看起来也没那么可憎了，甚至我妈都开始把晚上依然窝在书桌前的我往外赶。

“你出去玩啊，你没有朋友吗？你怎么不出去聚会呢？你去逛街吧……”

“……”

赵立夏：南京艺术学院 大四学生

第一次看到Miss Su时，其实觉得她应该挺温和的。后来她经常穿些有个性的漂亮衣服，还烫了爆炸头，哈哈，我们女生那会儿都好崇拜她呢！

孙昱：南京大学 大四学生

当时我们都很反感英语课，因为之前的老师上课方式实在枯燥。苏老师第一次上课时应该是被我们气得够呛吧。哈哈哈。

陈磊：天津大学 大四学生

如今的企业创始者，也曾是课堂两尺方桌的主人。你让我们第一次体会到了因为老师好看而要好好学习一门课的奇妙体验。虽然许久不见，但是依旧亲切，希望以后重逢时，我能再喊一声熟悉的苏老师。

刘瑜昊：华东政法大学 大四学生

我那会儿是五·一班的班长，英语却差得要死。Miss Su连续给我们补了两学期的课。我现在还记得她家的那个楼，要拆迁了好像。

Miss Su上课不走寻常路，大家都很喜欢跟她开玩笑讲故事，有时候课上还有心理测试，虽然她也很严格有时候也狂凶，但是大家学英语的氛围跟之前相比完全改变了，成绩也很容易上去了。

姜韵莉：苏州大学 大四学生

苏老师，你记得六年级毕业的那个暑假，大家邀请你一起出去野餐吗？那会儿我爸妈正为离婚闹得厉害，我跟你说我一定要逃离这个家，要考到最远的学校去。你说这些吵闹是大人的事情，我要做的是计划好我自己的生活，选择想要的世界，朝那走就行了。

我今年要毕业了，爸妈都有了各自的家庭，生活并没有那会儿想象的不可忍受，我在走自己的路。

很想你。

A WILD

Emma说

他总会收到天蓝色的包裹 还
系着天蓝色的带子 里面装满
了好香的绿蔬菜 有莴苣 有荷
兰芹 有卷心菜芽 总会尝到颜
色鲜艳的草莓 总会梦见满满
的红蔷薇 抱起猫 连睡衣也不
换 从窗户跳到外边 让少年时
期的种子一下子苏醒过来

CHILD'S

小镇的“市中心”有限，可选择的服装店更有限，正在臭美期的我最不愿意的就是和别人撞衫，如果发现路上有个跟自己穿同样衣服的姑娘，欣喜就会瞬间幻化为懊恼，恨不得马上去把新衣服退掉。

网购，这个新兴的模式，悄悄溜进小城。

2005年，我开始在易趣买东西，第一次买了一件二十九元的水钻猫咪T恤，兴冲冲去银行汇款，还被同事被妈妈质疑是不是会上当受骗杳无音信，忐忑等着收货，收到之后发现实在是超性价比的惊喜啊，比起小镇那些服装店，实在是便宜翻天了。最得意的是，这下放眼全城再也不会撞衫啦，那些眼红的妞们也觅不到地方去买。（我得意地笑，又得意地笑。）

2006年，转战淘宝，上了瘾地买，一发不可收拾。每日以炫耀那些与众不同又价低的收获为成就感。

我的目标是：领导潮流一整天。

整个办公室乃至年级组也被带动着开始半信半疑地网购，欣喜的尖叫声和抢拍声在课间和下班后的办公室不绝于耳。

终于，买太多，我的衣橱和信用卡一起崩溃了。

2006年6月25日，我以拯救衣橱为名注册了一家淘宝店——取名

“妖精的口袋”。

卖二手闲置衣物。

妖精吗？是因为我的QQ号叫“妖精Emma”，精灵，古灵精怪，非妖媚蛊惑之意。

妖精的口袋？充满想象力的假设题。妖精的口袋里会有什么？一片树叶？一朵羽毛？一张扑克牌？一个魔方或者千古谜题？

第一笔交易，把一个一百块买来的包包十九块卖了，还给人家包了邮，打包时兴奋得满脸通红。

我亲爱的第一个买家，她是南京人。

后来，衣橱里各种闲置都以远远低于购买价的价格找到了新主人，我像染毒瘾一般陷入了一种以“有人信任便是欢乐”的伟大境界中，已经完全偏离了初衷。

再后来，闲置卖完了，我把各种原本不在其列的日常穿着品也卖了不少，直到我开始频频在上班去的早上找不到某件新入手不久的衣服。

“妈，我的小鹿毛衣呢？”

“妈，我最喜欢的那条须须牛仔裤呢？”

“妈，我的宝蓝色长卫衣呢？我今天穿它赛课啊！”

SAM'S TREE

Emma说

又开始灌咖啡 又开始循环梦见 又开始觉得身心不由己 又开始向往远方 如果生来就该在路上 还有资格辜负多少年

回答是高度统一的。

“被你卖了！！！”

癫狂的我觉醒了，不能再这样下去。

浪子回头，我开始寻货源。

通过网络，寻找同样开着淘宝店却明显有货源特征的卖家，自己选款，谈价，收货，拍照，修图，上新。

没有专业摄影知识，就按照自己喜欢的角度摆拍吧，袖子扭起来，腰身掐起来，半裙蓬起来，眼看着每件衣服就有了生命和感情。

没有专业服装知识，产品描述不知道怎么写，就写些我看到它时的感受吧，这件胸前金属色印花的灰色T恤，明显是个庞克妞的周末派对装，她可一点都不想让邻居认出来她平素的黑框眼镜文秘装。

一米五的木板床，挨着床的一边是书桌，另一边是装着货的一个摞着另一个的黑色大袋子，床尾的小过道就是我的“工作地”；地砖擦干净后铺上衣服，直接用日光灯的光源，拍完之后的照片，用PS软件抠去背景，换成个符合产品风格的背景图片，煽情起来。

店铺里再放些我喜欢的音乐，第一首店歌是“大灯大灯大灯大灯大……”，这首歌后来唤作《我在那一角落患过伤风》。

充斥强烈的个人喜恶的页面，这，其实就是自媒体的雏形吧？

上班时的间隙、下班后的所有时间，都奉献给了电商事业，加上日常工作强度也如旧，以至于娘亲在半夜醒来发现我房间的灯仍亮着进来探望时，我已经一手拿着备课本一手握着鼠标，在电脑椅上“安详”地睡着了。

短短几个月时间，瘦到八十斤，如愿有了锥子脸和锁骨铮铮。

眼神亮得像火星。

A WILD

不听话的小女儿

Emma说

做个劝者不如做个怂恿者

惊喜总是在规则之外

CHILD'S

DREAM

近几年的节日家宴上，父亲会在喝多时感慨，我和他太不相像。父亲是长兄，几个弟弟的事情他都事无巨细地过问，一向崇尚安稳为重。我自小叛逆少话，外表看文静乖巧，实际倔得十头牛也拉不回，也不擅长表达自己，感情深重，不似同龄的孩子开朗。

谈及中学毕业后我执意离家上师范的片段，父亲说他每次去学校看我，在教学楼下等我，远远看到我下课时走过来的样子，那么瘦瘦小小，剪个短平头，穿着大一号的校服，拎着饭盒的“高冷”状，都觉得很心疼。带我去校外吃大餐，改善伙食，问我在学校过得好不好，我大口吃着汤包总是头也不抬地说什么都好不用担心。

师范的最后一年跑去学吉他，省吃俭用花了五百多块买了一见钟情的吉他，只余下几十块生活费，正好父亲来看我，临走前才从我口里打探出来实情，一边抱怨着我的打死不求助的倔脾气一边塞给我生活费。

喝得更多些的时候，也会忍不住说到师范毕业那个暑假的谈话，的确是为了安抚军心的缓和之计，原以为工作后的各种现实琐碎会磨去我执念向外的野心，没想到冒出来了一个叫淘宝的东西。

那时候不好好当大学老师跑出来创业的马云，在我父母看来是异类，这也提醒他们小心防范。但看到我茶饭不思忙得没日没夜地在电脑前折腾，看到我因为一笔小交易乐得张牙舞爪，除了半夜进房间把睡在电脑桌上的我叫醒、帮我关灯、递牛奶、早上关掉我的闹钟让我多睡十分钟以外，也没有别的办法。

嗯，我是强势的爱操心的父亲手里唯一失控的一颗棋子。

我的青春期，关键词是苏醒。这期间里，花了很长时间重新打开自己、认识自己、建立自信，寻找想要的快乐。

如今，我找到了。

Emma说

我开垦了心里一块地 种满叫激情的
玫瑰花 它们日以继夜地盛开和绽放
它们有巨大的力量 像镜子里的恋人
时刻说着情话蜜语 让我学习爱自己
让我从此之后的每一天 脸上有碎金
子跳跃 自信美丽

THAT
WHISPER
YOU KEEP
HEARING
IS THE
UNIVERSE
TRYING TO
GET
YOUR
ATTENTION

ELF SACK

野丫头走四方

A WILD

Emma说

你别以为 我没看到你假装系鞋带时狠狠擦掉的泪 你别以为 我没听到晃悠悠的货车离开小镇时 你对着家的方向在心里说了一千句对不起

CHILD'S

2006年年末的时候，因为网店的起色，日常工作开始失控——经常忙到后半夜才能睡觉，第二天早上七点的早自习实在梦游状，下课间隙的时间也会被旺旺声占满；半夜被发现坐在电脑桌前睡着的次数越发频繁。说不影响本职工作和身体已经是不太可能的事情。

原本的“兼职”和热爱的工作一左一右地站着，一齐看向我。

“你爱我还是她？”

好吧，必须做个选择了。

2007年年初，再也无法兼顾的我，有了辞职的想法。

在某个和煦的晚上小心翼翼试着提出想法之后，有了一场我意想不到的轩然大波。

父母当即翻脸，毅然决然。

“绝不可能！！”

几乎是一夜之间，来串门的大叔大婶大哥大嫂爷爷奶奶姑姑舅舅，在楼下排成了行。我这个心存诡念的姑娘被当作中邪中风来拯救。

“你爹娘辛苦把你拉扯大希望都在你身上你知道吗？！”

“你知道你现在待的是什么单位吗？多少人哭着抢着进不去啊！你怎么可以不知足啊！你怎么可以？！”

“网店是什么东西？能养活你吗？稳定吗？能比得上以前的铁饭碗吗？！”

“看不到摸不着的玩意别人为什么要买？都是闹着玩的游戏玩玩就算了怎么就当真了呢？！”

“丫头你不知道天高地厚啊！你爷爷我当年……”

父母整夜失眠，叹息声让隔壁房间的我无比心疼。

我拿虚空的梦想做武器，摧毁的却是父母眼下已得的安逸和骄傲。

纠结之中求救于老校长。

“我想辞职，我要创业！”

“你现在兼职一个月能赚多少？”

咬咬牙，吹个牛吧。

“是现在的五倍！！”

“你知道吗？私立学校出十倍薪资挖我我都没去。稳定比什么都重要。”

求援不成，四面楚歌。

2007年5月21日，我花三百元租了一辆小货车，带上余下的货和几十箱子书，一辆小电瓶车，义无反顾地离开了家。

父母早知道这个日子，一大早就刻意避开去了别处。我自己收拾打包到了下午，扛下楼。这曾经是我蹒跚学步时觉得难度最大的三楼楼道，曾经是每天我上下班习以为常边整理衣服边上楼闻到饭菜香的楼道，曾经是热闹闹的学生们争相跑上来的破旧楼道。

最终，我还是选择从这离开了。

心里的小人对我说：“你别以为，我没看到你假装系鞋带时狠狠擦掉的泪；你别以为，我没听到晃悠悠的货车离开小镇时，你对着家的方向在心里说了一千句对不起。”

南京城，租完房子后我身上只余下五百块。

父母三个月没有联系过我一次，当然我也没有如他们所愿主动求助。

（PS：此处倒是可见同样的倔强基因。）

老校长倒是给我打过一次电话。

“熬不过你就回来，工资停了，岗位还替你留着。”

网站上有个学生说女朋友不喜欢猫只得抛弃，刘先生要来给我。学生捧着纸盒带来一只三个月大的猫，还有一大堆猫粮。

猫叫咪咪，主流名字，黑白毛色。

我做客服的时候，他就在电脑桌抽屉里陪着；我拍照的时候，他在周边散步，偶尔出个镜；我吃红薯稀饭的时候，他碗里的红薯比我还多一块。

Emma说

如果头顶上方有只诱人的果子　爬桌踮脚才能得　这过程桌子很可能塌

会摔　会疼　会有可能最后崴了脚　果子也没得到　该不该取

A WILD

知道吗？
我们有过实体店！

Emma说

生活的样子安不进你理想的框子 不是生活的问题 是你自顾自地做了这个框子 却忘了给生活量量尺寸

CHILD'S

DREAM

到南京后不久，正是电商开始初步受到关注的时候，有个商场开始招募商家集合去做一个团购式样的购物广场。

我借了闺蜜一万五千块，和刘先生一起抢了一个八平方米左右的铺面。

我们两个自己设计自己采购木板自己油漆橱柜自己贴墙纸。招了一个售货员小妞，开张了。

每天早上我骑着小电瓶车，横穿整个南京城，把新货驮去实体店挂起来，再回来拍照上新当客服，傍晚时候刘先生下班，片刻不停留地赶公交车回来和我一道发包裹。

超前实现眼下超时髦的O2O（Online To Offline）。

咪咪有时候在门口等，有时候在口袋里，有时候在卫衣的帽子里。一副“嫁鸡随鸡嫁狗随狗”的淡然态度，心态好得很。

两个月后，因为商场空调水管爆裂，热水从天花板瀑布般倾泻而下，店铺被淹。华丽丽现实版“泡汤”。营业员小妞愣在原地，看了一场商场人员的强硬戏。

不服气的我们，打了人生第一场官司。

把整栋大楼物业整个商场告上法庭。

判决结果公正，我们获得了赔偿，但实体店生涯也到此终结。

Emma说

不经历破屋漏雨的淡定都是装逼 不经历骄奢淫逸的通透都是矫情

A WILD

Emma说

他怀抱着这聪明在想象力面前

在时光面前 完全看不出世故

与疲劳

CHILD'S

DREAM

我在某个上帝启示又或者是酒醉的夜晚开始想到：单件拍摄，无论是上衣还是下装，总是孤零零的单品，能不能把每件服装搭配起来结合心境来拍，让平铺也能有生命？

我赶忙去问了咪咪，小伙子说：“妙哇。”

准备了半个房间大的背景纸，爬上高凳子，想好今天的各种剧情，咪咪在背景纸旁边用表情指点。根据剧情摆好的服装都有表情。条纹T恤搭配简单破洞牛仔裤、卷起裤脚露出最最简单的人字拖、挎着干苇草手工编织的大包，再加上一顶帽子，即使不是去海边度假，坐在办公桌前也有暗爽的度假心情了；硬朗的牛仔外套，内搭蕾丝长纱裙，别忘了装作不小心错穿了一双脏的运动鞋，然后招惹了一路口哨声；小西服配上略有心思的包身短裙，包包也千万不要妈妈买的那个logo的阿姨包，要偷偷换成香槟色的椭圆小背包，搭配简单的半高跟鞋，就成了俏皮的职场新人装扮啦。

所有的衣服都像被咒语激活，它们仰着领子一副高傲，它们甩着袖子一副任性，它们撅着屁股傲娇蛮横。我把它们摆成走路、聊天、发呆、恋爱的姿态，配合上天马行空的文案来点睛。我开始写章鱼公主爱上了海蛇王子，写一首晌午时从阳台看下去自编的小情歌，写遥远家乡

L D

D ' S

A M

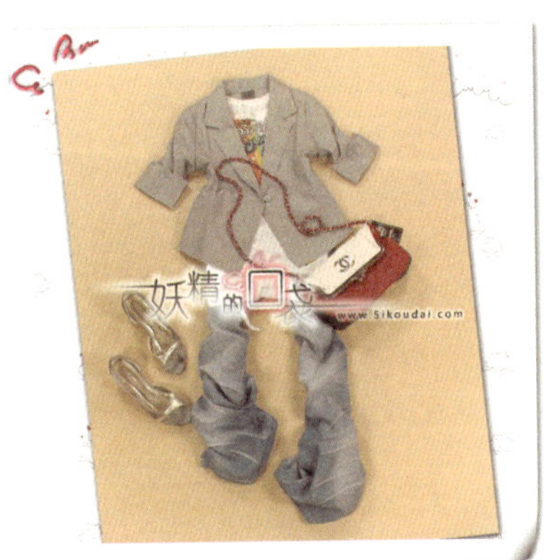

ELF SACK

的神话传说，告诉屏幕后的姑娘，每个女孩心里都住着个妖精，有倔强倾城的眼睛和勇敢柔软的心。

“每件美衣都有生命，等你驾驭”，是当时的口号。（矫情，忍住。）

拍照的时候，咪小伙常常会耐不住寂寞，走到背景纸上拨弄拨弄袖子、踩踩领子啥的，被镜头捕捉了去，我也就懒得修，干脆一并上图。

给那些衣服，起了个系列感的名字，叫“咪咪看镜头之XXX”。

有顾客在评价里头调侃：质量款式都满意，唯独没有收到图上的猫！

有一个月，下楼梯太激动，右脚踝骨折，打了石膏。于是那个月的夜晚用单脚爬上高凳再站直拍照的过程就变得很挑战。咪咪陪我的时间也从半夜变成了通宵达旦，还好黑眼圈被毛茸茸遮掩，依然俊得很。

距离住处不远的十字路口立着一块硕大的楼市广告牌，有漫长的红灯。每天早上和傍晚我骑着电瓶车从市场进货回来或者去实体店送货归来都会在那被迫观摩。下大雨的日子，在它侧边停下，风突然起来的时候，雨衣帽子被刮掉，冰冷的雨水会猛地从脖子里灌下去，一直到后背。后背衣服湿了大片，脊椎骨会因为寒凉而激灵一下挺得笔直。

清醒异常。

这个重复的镜头我记了很久，甚至我后来买了第一辆车，兜风的第一晚，竟然无意识地开到了这个路口，广告牌换了很多块，红灯还是不合理的九十几秒。

我仿佛看得到那个在雨中等红灯的姑娘的影子，她电瓶车的前踏板上，堆了一个硕大的黑色塑料袋，那是满满的货，脚没有地方摆，只能悬在两边，车停下来的时候，它们就尴尬地垂着。那会儿的她抬头看着广告牌，想的是何时才能在这个城市立足，扎根发芽。

那个时候，她侧脸清瘦；那个时候，梦想真的有点远。

宝贝，你在创业版的励志文里，看过这样的细节吗？

在到达梦想彼岸之前的所有所有长夜里，一只睡在卫衣帽子里、电脑桌抽屉里陪着我趴在照相机旁边舔着爪子的咪咪，已成为我最大的力量和温暖。

Emma说

见鬼去吧 每日的紧绷反复 见鬼去吧 每副虚伪端庄 见鬼去吧 被鄙夷的真样 见鬼去吧 遭压抑的旷世 想念那些 丢了的芒果和放肆的白发 想念那些 寄走的大袋干花生和新拔的萝卜 总有些让人羡慕的碎片 在催化你的隐性面 催下你和着辣椒油的眼泪来

感谢 你还完整着 艰难地一分为二地站在我面前

ELF★SACK★

A WILD CHILD'S DREAM

梦想是
最强大的镇定剂

×

Emma说

短途 澎湃的浪头跳起来 砸到额头 迸了一身的湿淋淋 嘴角和睫毛都滴着水 却还在笑 一路飞跑 连眼睛都亮得像星 这样的旅程 及时的幸福 很美很好

这其实是一段我很长时间都不愿意回头看的日子，生怕一回头一低眉，眼泪就会失控到收不住。于是更愿意记住的也都是些其中欢喜的部分。

整理回忆的时候，想起了租的第一间房的女房东。看到我不断地发包裹出去，她开始频繁拜访要涨房租。她新烫了头，趿拉着鞋倚着门框，双手交叉抱在胸前，用跟周星星电影里一样的包租婆姿势，跟我谈判了整个晚上。我腆着脸求她缓缓，说这些利润微薄，刚刚够养活我和咪咪。然后咪咪又成了话柄，被质问是否会在房子里面大小便搞脏墙壁抓坏门窗，我抱起咪咪给她扮乖巧，就差没让咪咪开口喊“亲爱的大姐姐其实我文静又可爱”。

想起那辆从家里“陪嫁”到南京的电瓶车，水绿色的小踏板车，车龙头上还被曾经的学生贴了一张她认为顶级帅的潘玮柏贴画。这辆车每天担负着运输货物的所有任务，有时候也因为工龄过长在半途闹个别扭。

有一次，我和刘先生骑着车，晚上在离家还很远的中华门突然没电了，万般无奈，只能推着货和车走了一段路寻找充电的地方。最后在一家银行的ATM机取款间里发现有插头，把车停在门口，拖了很长的电线进去充电，我们俩躲在取款机旁边候着。十分钟不到，有保安打着电筒过来看，说在监控室里看不清楚我们在干什么。后来他听了理由半信半疑地走了，我们在那厚着脸皮充了一个多小时，才得以有电支撑开回了家。

实体店装修的时候，自己骑车去市场买一块木材，作为资深路盲，在还没有手机地图的年代，事先百度好地址记在小纸条上，出门不停地看手心里的纸条，七兜八转还是迷了路，直到车子快没电，只能乖乖先骑回来，再做一次功课。因为店里油漆一个柜子要一百五十块，贴整店墙纸要三百块，我们就自己买来材料自己弄，戴着报纸折的帽子粉刷了整面墙，熏得一头一身的油漆和胶水味回去连咪咪都嫌弃。

租的房子在汉口西路附近，当年有家做得非常好的实体店。每天下午三点左右会进货，我会在那个时候过去逛。老板忙于清点堆在门口的大袋子，余下店里的伙计会无戒心地跟我聊很多。这条牛仔裤为什么特别？因为里面有一种叫作进口天丝的成份，你看它的垂坠感这么好这么顺滑一点都不像普通牛仔的干涩。但是它有个缺点哦，它不能够受力，所以天丝的牛仔裤多数都是做成阔腿裤型，这条版型很好价格也合适专柜也有类似款，小姐你要不要试试啊……这件白衬衫虽然看着普通但是你一试穿就知道它的版型非常非常惊艳，因为它的腰部剪裁很特别，它是立裁的上身非常显瘦，你看它平铺的效果就知道它不是那么平面，无论单穿还是搭配都是应该备一件的呢，小姐你要不要试试啊……（额，那个，我再想想啊亲。）

这是我当时的专业知识补习班。

讲了很多次创业故事，所有的艰难都是轻描淡写地划过，仿佛一切都很轻很淡。其实在这途中，只是害怕若是不停回头自怜，脚步会重，心会迟疑，怕失去刚迈出来时的那种破釜沉舟与不顾一切的勇敢。

不把自己当回事的时候，梦想才会比影子更大。

Emma说

打败你的不会是情节 不会是段落 不会是措辞 甚至不会是主配角 而是那些逗号 顿号 省略号

WHILE
THERE
IS
LIFE,
THERE
IS
HOPE

ELF SACK

野孩子也有春天

A WILD

回家 回家 回家

Emma说

我像个早熟的孩子 从小就被
同伴讥笑 穿了太宽大的袍子
和不合脚的尖皮鞋 不够漂亮
可爱 于是孤独倔强地去墙角
玩一只泥巴船 直到有天醒来
发现不知不觉已经长大 那件
彩色的袍子也不大不小地贴着
身体 周围全是惊叹 说那是我
最美的时刻
成长 是这样的吧

CHILD'S

DREAM

一年后，我和刘先生开着第一辆车回家，是刚掏空了所有银行卡凑成的果实。迫不及待到连牌照都没有上。停在小区荒废的篮球场上时还被刮了底盘，明明很肉疼又要装作无所谓。

妈妈用一种圣母的姿态站在楼下迎我们，我发誓那会儿我真的看到了光环熠熠。她说她从清早开始盼，做好了满桌子我最爱吃的、那些从小不变的美味家常菜。我爸甚至还跟我们喝了几杯。

熟悉的房间，单人床，靠着床的柜子和电脑桌。这会儿看在眼里格外小。

空气中连飞蛾都在复盘。“走出去，只能成，不能败。”

是年轻时的破釜沉舟还是刻意给自己的压力?

我们开着车去了原先的学校，去了原先放学和下班必定经过的路上，去了改造一新的固城湖堤坝。十五分钟左右就可以逛遍的小县城，装满了故事，原先从来不会注意的路旁跟我年纪相仿的梧桐和某个我从小就会去吃的早点摊换的新门头，看起来都充满了温情。

这是我曾经一心向往奔往的大城市里所没有的东西，记录着我的祖祖辈辈和我自己的成长痕迹。

第一次觉得，故乡的感觉，是沉静又充满力量的入世感。

摇下车窗，在县城有限的大街上开了很多很多圈，非常非常希望能碰见一个熟人一个同事。口袋里的虚荣心在喊：“看看我，看看我，我又回来了。”

A WILD

路途遥远
我们在一起吧

Emma说

和妥贴的人们相处 一起商量要看的电影 和配电影的甜点 共同奋力工作和成长 有时用擦汗跛脚的时机来调整步调 为他做自己也会开心的改变 听他的肯定会觉得力量无限 保持激情 常感欣慰 常怀感恩 心脑充盈 焦躁和忧虑都会远离

CHILD'S

DREAM

早在2002年的冬天，在“见网友”的时髦游戏里，我就认识了他。

其实，当时我们都是陪着同学见网友，避免他们尴尬的炮灰两枚。帽子围巾手套全副武装裹成球在车站汇合，从头至尾为了做好没电的电灯泡几乎没说话。

充其量只是在回校的公交车上隔着过道发发短信：

女：“那什么，你是清水的清还是青草的青？”

男：“青草的青，刘青。”

男：“周末去先锋书店吗？”

女：“没空啊，不好意思……”

他大三，我毕业。

我走在自以为世故的职场路上，他尚在青葱校园中。

当个老朋友，我常常发信息写书信给他，倾诉近期烦恼的生活和不靠谱同事的腹黑。他也就那么暖暖地、规律地回。

回溯到我被工作压力困扰的某一个下午，他给我写了一封手写信：

“来我这看看吧。东大的樱花又开了，开得绚烂，谢得壮烈。”

哦，那情，那景。

如果你是个想象力丰富的文艺青年，你一定可以想象后面的一二三四五六。

是的。

后来教我PS图片的是他，油漆实体店衣橱时有他，我出走那会儿的动力里有他，甚至开车回去的炫耀品之一就是他。

不得瑟会死星人的说法是我魅力无穷，星座学家的说法是当火象星座遇上水象星座成活几率等于XXXXX，鸡汤里俗称命中注定在劫难逃佳人天注定。

原本可以被唤作“刘工”的英俊男生，放弃双手背后巡场的pose，放弃一眼到边的稳定高薪，加入了我的外星事业团。

2008年夏天某个繁忙间隙的午后，我们在已经有两个客服两个库管的办公室里抬起头。我看着他，就跟看着个跨越时代的符号。

我们说：“去领证吧，恰巧今天有时间。”

然后我们就结婚了。

领过证之后，在民政局的对面喝了一碗美味南瓜粥，晚上开车巡游了南京市区，权当举“市”同庆。

婚后很长一段时间，我们就住在Loft形式的办公室楼上，白天床铺收拾起来便成了摄影部。晚上用来商议“战略方向”、吵架以及过日子。

Emma说

让他把你背上 游山玩水 走街串巷 看春林盛春水生 有时你会坚持自己走 跌跌撞撞扶着石阶 像踏在他的心尖上 颤巍巍的幸福 是他天大的欢喜

驚安の殿堂
ドン.キホーテ
驚安の殿堂
ドン.キホーテ
居酒屋
つぼ八
7F·8F
スーパードライ
生ビール
390円
ヤキトリ
OKONOMI YAKI
インター
Big Lemon
Elle de Castle
カラオケ
免税
Tax Free

A WILD

慢下来

待灵魂合上节拍

Emma说

不要被冲动影响 不要被情绪影响 不要被负面影响 你永远是你自己 什么都不会失去 勇敢 勇敢 勇敢

CHILD'S

2009年年中，业绩暴涨，一年之内搬家三次，员工增至五十人。

和业务量一起剧增的是我们的争执，同样暴烈的性子互不相让。

至于争执的理由，太多了。

可能因为一个合同签订与否、一个员工录不录用、中午到底是吃盒饭还是麦当劳、昨晚为什么遛狗的还是他而我提前呼呼大睡了。

生活的全部内容都是工作，通宵依然是常事。电商进入顶峰时期，专业知识、管理知识的匮乏让自己精神压力巨大，我们用过一个句子来形容那会儿的自己，贴切形象：

“跌跌撞撞、连滚带爬，又片刻不敢懈怠地追赶飞速成长的行业。”

同时，要在那样疯涨的业态里保持清醒、丝毫不膨胀，年轻的我们完全不合格。我们站在潮汐到来时的冲浪板上，看到了另一片海域和中央的岛屿，以为自己已经是巨人一枚，自负到几乎再听不进任何反对的声音。

最后，发展到在办公室我俩也能拍着桌子对骂。

2010年，因为这样的误判和迷失，我们走过很长一段弯路。

从2009年的年度女装第一一度跌到谷底，员工流失过半。几近难以维持。

之后，我有了我的第二次“出走”。以重拾自我的名义。

2010年年中，我失落地在“无目的地号”列车上遇到了来自新疆喀什的女孩，沙蒂提·古丽。

二十七岁，雪白的皮肤，天使一样的脸。她说八年没有回家了。

八年前跟男友去南京闯荡，结果到了南京才知道男友原来是个偷盗团伙的小喽啰，她跑不掉也跟着干，在男友干了一单“大生意”携款潜逃之后，她被“老大”当作叛徒卖到了酒吧做小姐。

后来她被另一个团伙带离了那里，开始更为可怕的生活。她被交代“照顾”好一帮十几岁的孩子，白天让他们出去偷盗，晚上根据任务完成情况给予“口粮”。古丽撩起衣袖给我看胳膊上面的针眼，“口粮”就是海洛因。

两年之后，团伙出了人命案，被端老窝时她没跑掉，判了四年。

我遇到她的时候，她刚出来，凑齐了路费，只想回家。

我看了她小说一样厚厚的判决书，也看了她七个兄弟姐妹的照片。完全不敢想象她的青春都经历了些什么。

这样的人，在我原本的生活轨迹里，是毕生都不会有交集的另一个世界。我被硬生生带进去，赤裸裸地看，真心觉得自己的奢侈和幸运。

颠簸中她斜靠着我睡着了，两手抱着包交叉叠放在胸前，长长卷翘的睫毛微微颤动，像个初生的婴孩刚来到这世界，尚觉得阳光温暖，满地长的都是希望和美好。

我跟着她去了喀什，跟她回家。她家有大片的果园，成林的苹果树。清贫冷漠的家人，封闭的村庄，杂草一样满地疯玩的孩子，甚至没有人对她的回家表示出太大的惊诧和关切。

我给她讲了网店，讲了电商，她兴奋得彻夜睡不着。

直到现在我还经常想起她，她哭着送我走，说会去南京找我，找我学电脑，开个网店卖苹果。

这个小学毕业、说一口吃力汉语的维吾尔族姑娘，有一双和她的脸极其不相称的粗糙大手。她终于有了梦想，虽然我一再想，如果早一点，如果。

接着，我去了广州。

站在白云机场的出口处已近午夜。

温暖的南方城市，丝毫不带料峭的冬日空气。物欲横流。

到巷子里去喝海鲜粥，有各式刚下夜班的服装厂工人路过，操着不同的湖南湖北山西四川口音大声聊天，赤膊的男孩子将衬衫搭在肩膀上，女生多数穿着厚底凉拖，走路时啪嗒啪嗒，笑声一直飘到那晾满内衣的破旧阳台上。

很长一段时间，我过着完全不一样的生活。

每天凌晨出门，穿人字拖和大裤衩，去各个服装批发市场；站在等红绿灯的人群里专注地啃鸭爪；在公交车上大声讲电话；拖着面料坐三轮车经过珠江边一长排的榕树，抬头时有翠绿滴进眼睛。

新的供应商，都是初创业的小工厂，来闯荡的外乡人，在大排档吃夜宵，酒喝到微醉，他们被我激昂的梦想演说感染，决定咬咬牙一起拼。

新的广州小团队，同吃同住，没日没夜，常在通宵后的小区广场上一起做操，相视大笑。

平静地体会被枝条划过的感觉，有木刺留下。

轻轻说：“我是野草，没资格不顽强。”

A WILD

拐角处
那些心有灵犀的传承者

×

Emma说

我把窗帘关得密不透光 裹两床被 分三次睡到现在 做了几个梦 每个都清晰 每个都在路上 骑摩托 或开车 满面尘土 头发凌乱 笑得整个梦里都有回声 像个没心没肺的娘们

CHILD'S

DREAM

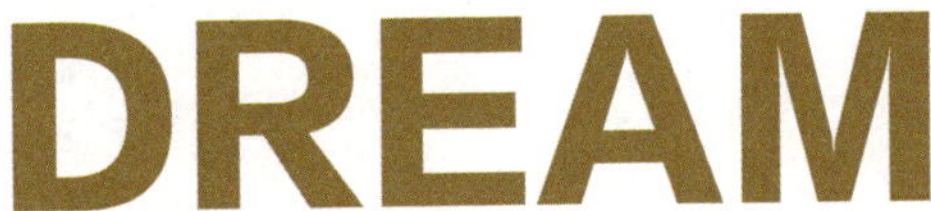

2010年年底，回归团队的不止是少了尖锐的我，还有被酿过一般的心境。

接下来，我对已被盛传和模仿的“极限平铺”拍摄方式做了翻天覆地的改革。

换模特拍摄！！！

可是相比之前多年积累的生动平铺，合适的模特成了最大的门槛，找一个能解我心意的摄影师和造型师也是难上加难。

找遍了南京的摄影工作室，试了无数片子，从棚拍到街拍，从南师大拍到市中心商场，顾客空前一致地抵触模特拍摄，一旦换模特拍照销量就大跌，我们甚至还在页面发起了模特VS平铺的调查问卷，得到的普遍意见是模特再美再甜身材再好，怎么都感觉没有灵魂，反倒不如平铺时代的产品来得想象力丰富。

万般无奈时，杭州一家小摄影公司在旺旺上找到了我。老板叫阿单。

第一次见到杭州那个小小小团队的时候，他们只有三个人，挤在一栋快要拆迁的破楼里。阿单擅长讲笑话打圆场，处理琐事和统筹是一把好手；阿光半晌都表达不出自己完整精准的意思，但是会为个好创意或者是合口味的朋友兴奋得满脸通红；叶子剪个齐刘海，扎个小啾啾，初见时正埋在鞋子堆里找搭配想造型，一副直性子暴脾气。

那年初春，杭州大雪，我们在雪夜里商量品牌的拍摄风格、海报怎么拍、灵感来源，我们在手工雕刻的大迷宫屏风后面，喝光了阿光珍藏的很多好茶，分享了无数个童话故事。从《安徒生童话》讲到《格林童话》，后来我们也如愿把所有的心仪童话都拍成了海报，做成了主题。

这样的场景里，坐在茶室的明明还是童年那个沉默寡言的怪孩子，只和想象中能对话的朋友倾吐世界。我们彼此欣赏和珍惜。

找到合适的摄影师和造型师之后，模特依然是难题。

一周之内试了N个模特，中模外模，甜美的硬朗的公主范的小鸟依人的。有一种阅尽人间春色的腻歪。

Anna走进来的时候，比别的模特都矮了一头，灰金色的直发，脸上有明显的痘印和细纹，不像其他模特那样过来寒暄，浅浅笑了一下就坐下补妆，换装。

灯光亮起，灰色毛衣红色礼帽。闭眼低头，抬头直视，二十几张样片一气呵成。

所有人都屏息。

“就是她！！”

乌克兰姑娘，已超出寻常平面模特的年龄，可以写本八卦杂志的恋

爱史，依然孩子气的眼睛。

操一口流利的中文，会坚持每过三个月就一定要回家一趟，给弟妹和妈咪带大箱礼物，在战乱的家乡参加游行。拍照时有俏皮的，古灵精怪的非专业姿势，却怎么看怎么真实。妖精的每款衣服都正合她个性。

第一次正式拍摄时给她放了《暮光之城》的主题曲 ***Eyes on Fire***，Anna握着我和刘先生的手，放到她的额头上。

“I know what you want!”

中场休息她要了一根烟，坐在高脚凳上，一只脚架起，哼小调，吃自己带的炸红薯片，和经纪人调笑。

2011年2月，我们用满屏Anna照片的首页，换了一地惊艳。

妖精的口袋正式转型。

Emma说

春天的生日 你坐在水池边 光脚穿长裙 我看到你膝盖上暗粉色的疤痕

你说已经不疼 那是过程

A WILD CHILD'S DREAM

Emma说

我只想证明 桃源的尽头另有风光 能右耳听知更鸟 左手一捧初雪 写奇怪的文字 做欢乐的傻事

小时候喜欢音乐，从咿咿呀呀的唱片机到后来的熊猫牌录音机，家里常年放着各种曲子，那是我的音乐启蒙老师。八十年代初的孩子人手一台的红色木制三角钢琴，我喜欢把脚拆了，像拿手风琴那样横着抱在手里，站在楼下叮叮咚咚地弹。厂区大院里下班的叔叔阿姨骑车经过，会摸摸我的头，跟“大音乐家”打招呼，对我肃穆的表情忍俊不禁。

喜欢画画，对颜色的感觉尤其有悟性，中学填志愿时闹着要去考美院，还偷偷把考试用的纸笔都买好了，却没能过爸妈那一关，他们不希望我去学艺术，只想我找个安稳的工作。

读师范的时候可以有机会把时间精力投在这些曾经被称作“不务正业”的课程上。有一年冬天花两个通宵的时间在教室里画一幅大水彩画，第三天早自习开始之前大家陆续进教室，看到快完工的我的画，惊叹着拥着看，一不小心把旁边洗笔用的小水桶碰倒在画纸上。水彩遇水立即化开，我第一反应就是手忙脚乱地脱下羽绒服按在画上妄图吸水，焦急得眼泪鼻涕哗地就铺下来。羽绒服的表面面料不够吸水，画上的部分细节还是失去了原先的效果。而那件慌不择路被用来救急的羽绒服，也染上了花花绿绿的水彩，成了烈士。

后来，那幅作品，我又画了一幅一模一样的，去参加毕业汇报，被学校留了下来。

喜欢看书写东西，迷恋所有的外国童话故事，但凡大人带我上街，问要什么礼物，一定会被我拖去新华书店，这一点倒是让爹妈骄傲了很多年。看遍了所有的故事书，还会趁着大人不在家去偷偷看我爸的《十月》那种厚厚的杂志，后来还急得爸妈把他们的书都架到我够不着的地方去，生怕我看到少女不宜的部分，哈哈。

两个大书柜的书，不停地增加新物，旧的那些也挑出最喜欢的，循环反复地看。每一个夏天都会把最爱的那些也是翻得最旧的，拿出来翻晒，仔仔细细把封面的边缘贴上宽的透明胶带，如同一场郑重的仪式。

每一个偏科的文科生都有的自小作文水平优秀，额，自然我也有，从小在班级巡回展的作文本，是理科生的仇恨种子，长大后的同学聚会上也被当作笑料。

中学时候语文老师为提高“整体写作水平”要求大家每日写日记，并且于周五上交批阅，想想当时的情景就想发笑。既然是日记，当然应该写真话，我怀着半较真半恶作剧的心态，用一周的日记，记录了我暗恋的一个男生，每日观察他的言行举止，揣测他看我的眼神是不是猜出了我的心思。

“我在做眼保健操的中途，睁眼去偷看讲台上监管大家做操的他，却恰巧和他的眼神碰个正着，似乎还带着小邪恶的微笑。莫非？莫非？他也是对我有意的吧。”

真想知道当慈祥保守的语文老师批阅到我的日记本时，是何心情啊（吐吐舌头）。

后来，这些喜好，无论是音乐、美术，还是写作，都在所追寻的这份工作里得到了很大空间的发挥，它们浸透在网页的每一幅平面设计中，在每一段或长或短包括你们正在看的文案中，在每一件服装产品的设计细节中。

而这些故事背后更隐蔽的东西，那些初始时的好奇心、激情和倔强勇敢，正是滋生出我想要在陌生城市里立足，看世界，追梦想，做喜欢的事的源泉。

简单的初衷，是我们和团队的共同初心。

2011年开始，很多家风投公司都来谈投资事宜，我和刘先生也谈过很多次。谈着谈着，我们开始质疑自己。

有资深的供应商说，我们跟着妖精做事，就是因为最初时候感受到的情怀，大家都是热爱这个行业的人，心里有明确的目标和野心，乐意去全力打拼，我们跟得踏实。如果哪一天妖精不做现在的行业了，或者Emma不再这样直率地因为一个扣子没有用对而大发脾气，我们也就没有兴趣再继续做下去。

到现在，我还经常会在办公室大声唱一遍“大灯大灯大灯大灯大……”。

初心是个好词语。第一首店歌像当时的镜子，时刻拿出来照照自己，镜中人才不会走样。

I'm The ELF. Who are you?

Emma说

赤诚和现实 本来就是一场战斗 我只想 成为这场战斗的过来人

CHOOSE
TO
SHINE

ELF SACK

理想国的积木游戏

Lay's乐事
Pringles
野蛮牛仔骨味

Lay's乐事
野蛮牛仔骨味
Pringles

森宿

A WILD

Emma说

我开始觉得我是个工作狂了 搬家之后出现了越发多的工作狂 他们埋伏于关了灯的公司各个角落 插着耳机 某些还有节拍地晃着桌子 在幽暗的显示器下神出鬼没 让我的WC之路充满各种惊悚 捶打 尖叫

CHILD'S

DREAM

2014年年末，团队人数达五百人；2015年，或将超过一千人。

原本Emma姑娘一个人做的事情，如同细胞分裂一般分工明细成了这许许多多细致的活儿。我是一只多么有成就感的草履虫啊！

初期的团队，是一张火锅桌上热气腾腾的家人感，高山流水遇知音，你侬我侬打江山；

中期的团队，规范初建，会有矛盾和苦恼，有觉得伤了感情失了信任之后的误会，有释怀之后赶上的小碎步；

后来的团队，是成熟的伙伴和酒友，相互给启发和激励，尊重规则和大方向，不说话都是默契。

王鹏，1987年，男，青岛人。工龄五年。

常常开玩笑说他是被“捡”到妖精的。跟家里赌气，高中辍学出去看世界。创业受创，上班时又因为过于自负跟老板掀了桌子，结果可想而知。没脸回家，上帝偷笑着扳扳小指头，惩罚他去了工地打零工。

无意“捡”到他时，是我们2010年的低谷期，其实招不起人，又觉得小伙子思维敏锐得很；恰好也是他穷到口袋只余一百块的时候，天天催着问面试结果。

最后，在一幅美好未来的勾画中，他进了团队。

他说当时的感觉是：“上当了……”

嗯，其实我们也是。

他的个性难改，瞅谁都是傻根，初始时团队协作能力极差。

万般无奈，他被派去当时还无足轻重的天猫做运营，连同他的小助理一起，独立办公室，边缘化。

后来他的变化，省略一万字。

现在的他，是我们的运营总监。

杨静，1984年，妞，苏州妞。工龄七年。

在被上一家企业无穷尽的伪加班（下班没事也不可以走的形式化氛围）逼退在家，赋闲之际，抱着无所谓的态度投了一封简历到2008年还完全不被看好的电商企业。

不，当时还不是企业，充其量是个作坊。

然后她的初轮面试还被这家作坊的刘老板给否了。

不服同时又是闲得要死之下，隔了一段时间她又投了相同的岗位，这次成了。

录取之后在单调的基础岗位工作长达一年。

后来作为摄影师的老板娘拍了太多片子，修图师实在修不完，急招她去帮忙修片，就这样，有了设计部的雏形。

此处台词应是：从此一发不可收拾。

现在，她是我们的视觉中心经理。

陈若曦，1989年，四川姑娘。工龄三年半。

没投简历没打电话。

三年前的某日，“哐当”一声，她直接拎着行李箱撞进了总经理办公室。

“我来应聘！”

“你是谁？投简历了吗？”

“我在网上看到妖精的首页海报，觉得那就是我想要做的风格。我太喜欢了。我可以做设计！”

“……”

戏剧化的开场白，但是她被留下来了。

我们想看看心怀梦想而迸发的激情是不是真的可以开花。

如果规则是栅栏，我们给她拆了木门，她欣欣然闯进来。

奇葩一朵。

现在，她是我们的首席设计师。

华玥，1988年，安徽姑娘，工龄三年半。

社会工作专业硕士。

长着一张宠辱不惊风平浪静的脸，内心却有一番热辣辣的风云小世界。

看似如此理性的专业出身，驾驭起文字来，却写得起长篇，赶得了段子，能够在鬼马、文艺、世俗小淑女间自由跳跃。

哦不，她说爱情主题是她的软肋，但是她前几天晚上明明就给妖精做了一个非常非常惊艳的情人节企划主题，叫作“因为爱情”。

她是我们的企划部经理，首席文案。

任成燕，1981年，扬州姐姐。工龄两年。

公司第一个空降高管。

在传统线下服装企业待了许多年，跳槽成了她的习惯性动作。

第一次面试她时，我穿了妖艳的桃粉色连衣裙拎绿包，官方问题她答得似是而非，面试结束我和刘青有了许久没发生的激烈矛盾。

“这个人什么都答不上来好吗？一点没有逻辑性！”

“我们招的是产品总监，是做产品的，是要对品牌有感性认知的，不是逻辑性！我看她说到设计的时候两眼放光！”

我赢了。

她来了。

头顶光环的我的接班人啊，就这么硬铮铮地顶着全公司对空降第一人的严苛高压，把产品设计的任务接过去了。

比起国企，线上的节奏是线下的十几倍之多，连悠闲发个呆、慢晃晃在办公室走路都是十足的奢侈品。神奇的是充实的工作内容和直来直往的工作环境，让原本因不能畅快做事而积累的情绪得到宣泄，当用心随性的工作成果一批又一批接连呈现在网站上时，每条评价每件销售都是好心情药丸。在这样的心境里，任姐姐每日加班到晚上十点回家，也要和某个结婚了N年的同志挽手散步，甜甜蜜蜜。

现在，她是我们四个品牌的产品总监。

“找工作是个拼图的过程。我们有义务和责任帮助每一个员工，和他们一起找到最适合自己的位置。对准了，拼到那儿。他或她最舒服快乐的状态也一定是团队最妥帖的状态。”

Emma说

这是一场欣喜的年中述职 有芽疯长 有火哔剥 有和声 有磨爪 笑谈很多故事糗事 倒仿佛一夜间筑成国 凶猛成长 是件大快事

A WILD

七年之痒，你们在哪里？

Emma说

你和谁走过青春 和谁擦肩陌路 曾和谁分享过恣意 又盟誓会和谁长相依 如果知道所有的丰盛都只为回归 让时光倒流 让七年里的每刻相守 都滤去孤苦失望 挫折泪水 因梦想终在这 不早不晚 不偏不倚

CHILD'S

DREAM

在2007年初始，我们就有一个旺旺群，里面有大帮活跃的老顾客和我。我们每天在群里讨论明星八卦、新上的款更适合谁、谁又胖了、谁加工资了。

一个臭味相投的闺蜜群。

2014年，七周年品牌庆时，我们想要找一找，一起度过了七年之痒的老顾客们，都还好吗？

我们扛着摄像机去了澳大利亚。

布里斯班是澳大利亚最大的海港城市，它崭新、繁荣。距离昊昊的家乡上海5400公里，在她每年固定寄来的明信片上，我看到了和“阳光之城”这个名称一样美好的笑容。

昊昊原本应该乖巧顺从地依着家长画好的轨迹做个典型的上海小白领，可是现在，她在这里，有向日葵一样灿烂自由的生活和爱情。

妖精和他们之间，有一段长达七年的友情，还有一个小小的秘密。

她第一次冲到南京来看我的时候，我刚到南京第二年，两个客服一个发货工，加上我，刚搬的写字楼，七拼八凑的家具。突然门口就进来两个年轻人，咪咪和毛豆两只猫都凑过去看，一脸迷茫地闻闻闻闻。我那天没化妆，披头散发穿着宽松男式T恤，和脑子里的照片匹配了几秒钟，笑眯眯扑过去抱她，喊声“死丫头”！

然后一起去吃饭，中山陵、夫子庙。他们的时间安排很紧，只匆匆路过，南京城不小但也不少风景，都没好好看。

追溯一年之前。昊昊每天都会来店里跟客服姑娘和我聊天，很俏皮活泼的姑娘，喜欢穿小甜美的衣服。

某一天我的旺旺收到一长段很晚发出的留言，留言说，他是毛毛，昊昊大学时就在一起的男朋友。他了解他的姑娘其实并不像表面那么快乐，她从小风平浪静地长大，父母都对她的乖巧听话欣慰不已，但其实她敏感、小心翼翼，每天都想着怎样给身边的人快乐和放心，不给他们添麻烦。毛毛说他看得到昊昊有很多瞬间眼睛里有遗憾，有渴望的光，他的姑娘心里有自己的自由梦想，但是对自己缺少信心；昊昊最近的心情很不好，她觉得自己像个木偶，从小到大一直被别人操控，失去自我。

毛毛在留言的最后说：“Emma，鼓励她！我知道，她一直羡慕你的勇气！”

年轻的情侣，自信满满的男孩子和敏感柔软的女孩子，真诚又焦急的文字，在对话框里面灼灼地照着我的眼睛。

我和昊昊的对话后来很简单，她只是需要再多一点点力量，就足够迈出去。一年多之后再听到她的消息，她已经在遥远的澳大利亚了。照片里笑得像向日葵一样的女孩子和之前判若两人，我似乎能隔着远洋闻见她身上不由自主透出来的快乐和自信。

“有时候想，我们只是需要被轻轻地推一下，就可以到门外，去看世界，去找梦想。”

去了杭州。

当年顾客群里公认的第一大美人穆梓，带着儿子在广场上录了视频。

温婉软糯的江南之地，城市中有如画的西湖。穆梓已经在这里生活了两年，她说，她喜欢杭州的宽容和中庸，让她有家的感觉，能够找到自己。

2007年时穆梓几乎每天都在老顾客群里秀恩爱，富足的生活、幸福的家庭，完美无缺。就在我们准备给刚生下宝宝的她更多祝福和羡慕的时候，带着新生儿的她发现老公出轨，生活崩塌得像场狗血电视剧，婚姻的变故如台风刮走了集万宠于一身的全职太太所有的优越，一丝不剩。

她在满地残叶里甚至来不及哭泣和失落，就已经明白自己需要用最快的速度站起来，去重拾勇气，学习新的生活技能，因为年幼的儿子那双需要妈妈和依赖妈妈的眼睛。

为了尊严毅然离婚，独自带儿子搬出别墅，离开老家福州。没有任何工作经验，养活自己都成问题。

咬牙三年下来，她辗转做了化妆师，专门为新嫁娘做造型。对每一个在自己手上诞生的姑娘真心祝愿一声幸福长久。她说婚礼是女孩子最美丽重要的时刻，千万不要亏待了自己，一定要最最漂亮。

磊磊在广场上跑得满头大汗，穆梓满眼笑意。

“梦想有的时候会调皮，有的时候还会把玩笑开大了、闯祸了，然后吓得躲在树后面，让你以为它不见了。但等你勇敢接受了现实，把倾斜的甚至倒塌的生活扶起来之后，它会慢慢地探出头来，抱歉地笑笑，说声对不起，说其实它一直在，从未离开。”

去了重庆。

重庆有个拥有一百多双雨靴的转转姑娘。

老顾客群里的开心果。

“因为只有雨靴才能把图案和颜色表达得无法无天啊！”

有一天中午转转问我说：“老大，六一节快到了，你想要什么礼物啊？”

我正在开会，想逗她开心，就随口说：“我想要转转啊！”

她在微信里发个鬼脸表情，说：“那老大我送你个有芭蕾舞小人的音乐盒子，小人跳舞的时候就有转转了啊！”

我在会议室笑出声来，这个古灵精怪的丫头总是有这么多招人欢喜的想法。

2007年的转转还在中国政法大学，想做个TVB剧里那样的女大状。她是旺旺顾客群里的积极分子，说话的调子和想法都跟我像极了，常常会发给我一些日常生活中的小片断文字，我用在产品文案中，发给她看，她能乐滋滋地飘上半天。毕业之后她去了香港，发来的小文里也就多了九龙城，多了深水埗，多了沙田和元朗的故事。

就在梦想即将成就的暑假里，转转生病了。她没告诉我，只在交“作业”的邮件里面写“老大，交了三个礼拜的小文哦，人家有点不舒服要去医院一段时间啦”。

我问怎么了，却再无回应。

三个多星期之后，她回了邮件，说了实情，因为身体原因她和原本规划好的完美未来失之交臂，但是语气里一丝丝都看不到难过，依然是每个文字都透着朝气和古怪。那封邮件的标题是她自己起的，叫“用生命在写作的猪头”，邮件末尾写“每天多睡多吃，十一点就要睡，医生交代要保持心情愉快，不能劳累，多呼吸新鲜空气”。

这个刚刚毕业原本前途无限的年轻女孩子，我看着她的邮件，眼泪完全止不住。

后来转转经常需要跑医院，定期服药。但即使在医院里她也会坚持把各种心情小文发过来给我，看着产品文案里她的文字跳跃的样子，仿佛能听到她叽叽喳喳的说话声，和心里无数个梦想的美丽泡泡。每个大小节日，情人节劳动节儿童节国庆节我都能收到她的小礼物，紫色的水钻小熊、印大猫头的丝巾、《冰与火之歌》的全集……邮箱里还能收到她和男朋友的合照、戴着新买的假发自拍的大头照。我的红框眼镜戴得得瑟，就也给她买了一副，她收到的第二天，旧眼镜就坏了，立即戴上我送的那副到微博上大秀：“亲爱的老大，请让我称呼你为及时雨未卜先知大人。”

“并不是所有的梦想都有好运能够实现。我们不是灰姑娘，等不及王子和水晶鞋来改变生活，如果尽心努力过打拼过，也就能够安抚内心了吧。换个方向，依然笑脸向前。说不定梦想换了一条新裙子，就坐在拐角。”

Emma说

从你坐上他自行车后座的那刻开始 你就偷偷把翅膀藏进墙角里 陪他在厨房煮西红柿蛋汤 推让一块世间最好吃的排骨 陪他熬过数不清的夜 在凌晨为小成就相视呲牙大笑 陪他获第一个奖 把奖金存起来准备换半个卧室 后来的后来 当他眼里野心积淀 狂妄似灾

姑娘你别忘了 遥远的柏林宫殿院墙内 依然花开成海

A WILD

我想搭个理想国

Emma说

小苏佩里又把她的新裙子弄出了大口子 那是在山坡上画季风的颜色时 被坏脾气的仙人掌扯的 不过女孩子伤心了一分半钟 就又蹦跳着去风信子小姐家了 因为那里今晚有个party 除了美味的草莓慕斯和奶油蘑菇汤 还可以用从英格兰捎来的望远镜看星星上开的花

CHILD'S

关于未来，电商的推送文每日泛滥，不用在这添一锅鸡汤了。

我要什么？妖精的口袋是什么？我们的团队未来是怎样？

还记得在第一章里，用鞋盒剪成的房屋，麻将码成的宴会，蚊子小姐的私奔吗？用孩子的眼睛还原想象，珍惜和激活所有拙稚的状态。

还记得气到我流泪的第一届学生，他们已经长大，今年大四，面临毕业，也在我们的邮箱投了应聘简历。

这是多么奇妙的轮回。

我想用积木，搭个理想国。

员工可以在工作时带着猫和狗。

买家会因为一句文案一个徽章爱上品牌。

让喜欢玩积木的孩子，玩过家家的孩子，玩钓鱼游戏的孩子，都能有个角落嬉笑；让不愿意做科学家的愿望也能得以鼓励，让怪孩子不再只有墙角的泥巴船可捏。

2010年年末回归团队时，第一天上午曾躲在办公室反复翻看文件不乐意出去见人，直到有人轻轻敲门，余下的老员工在门口说，想要看看我抱抱我，然后就在我肩膀上哭成泪人。他们说虽然不知道我什么时候回来，但知道我一定会回来，并且回来之后一切都会好起来。所以才会一直等下去。

生日时候桌上堆满大大小小的礼物，有一束花的卡片上写着——“Emma你知道吗？我曾经是妖精的顾客，被调性迷到不行在微博给你留言，你竟然回复了我，我兴奋得整天都在跟同学炫耀。现在我毕业了，刚刚加入了妖精的团队。我现在在一个小小的基础岗位，暂时跟你保密我的名字哦，我会加油！加油到有一天能站在你面前说给你听，说其实就是我，我是某某某。”

秋天时候收到硕大一个编织袋，打开里面竟然是一大袋子的新鲜芹菜和生姜，还有一个自己手缝的小布包和整整四页的手写书信。是一个年轻的母亲，我们的顾客，她说春天里答应过要送我白菜，结果今年的白菜不太好，一直觉得自己食言到现在，前两天发现地里的芹菜和生姜特别好，急急就下地弄了来，还沾着泥就发过来。还叮嘱我做法，叮嘱我快做菜吃掉。我把菜铺在门口地毯上，铺了满满一地，我拍照发给朋友们看，发给爸妈看，无异于在生日里收到整条银河的欢喜和成就感。

如果，我止步于第一批闲置售完之后？

如果，如果我没有遇到刘先生？

又如果，没有2006年6月25日的那个中午?

这些瞬间，这些珍贵，都不会有幸得到。

我不善于表达感情，却因为这些所得一再地暗想自己太幸运。对这些和利益和商业完全隔离开的热忱与纯净的感情，对这些在我踏出家乡打拼路上起就和实现梦想一道收获的意外惊喜，我只想尽可能地保留住它们，保护它们。

想搭个自己的理想国，可以让真诚入住。任外界如何，把虚伪挡在荆棘外。

Emma说

但愿每一个出走的人 都能拥有属于他的马

野马 斑马 木马 河马 海马 古罗马 青梅竹马

呵呵 心猿意马

EMBRACE
THE
GLORIOUS
MESS
THAT
YOU
ARE

E L F　S A C K

当爱因斯坦遇上兴尽晚回舟

A WILD

想象力有多重要

Emma说

盯着一只略掉漆的杯子发了三分钟呆 想象那个痕迹是一只海象一个金边贝壳 这些贯穿在我神经质生活里的宝贵发呆时刻 喂养了我饥饿的想象力

CHILD'S

DREAM

第一场

时间：未知（时空混乱中）。

地点：中国浙江某地某个没有雾霾的芦苇荡边。

人物：准中年的爱因斯坦XI和一直觉得心是少女心身就是少女身的李清照。

背景： 清晨，爱因斯坦熬了一夜也没能想明白世界观的议题，郁闷地在芦苇荡边散步，不小心碰见了宿醉的李清照。

此刻的李清照，刚在那夜做完了千古绝句“争渡，争渡 惊起XXXX”，正告别酒友，昂头在经纪人和船夫的伺候下回去补觉。

李清照：（余兴未了，穿昨夜的棉麻连衣裙，挂俩黑眼圈，眼线花一半，唤了自家船夫过来接，悻悻然上船。）

我头还晕着呢，可我心里欢喜得很。我看这清晨的阳光甚是亮晃，可昨夜分明是暴风雨配暖酒，不知今晨我的保姆拉开窗帘透气时，阳台上的肉肉们，可是绿肥红瘦?

爱因斯坦：（刚穿越到不知名的时空朝代，未及好生了解，就继续将他未研究完的世界观又纠结了一夜。研究到凌晨，实在一个头两个大，只能出来走走，何况N年前完全无那雾霾作祟，风清气朗，凌晨时分更是日月同辉。爱因斯坦穿着他穿越时穿的阿迪短裤和纽巴伦跑鞋轻巧地疾走于中原某条大坝之上。）

我生平喜欢步行，运动给我带来了无穷的乐趣。

李清照：（想起今天上午十点还有一个访谈，立刻对着清澈的湖水当镜子补了一下妆，无意发现对面风景。）

噢，一个大叔在晨跑。他可知晓他的前方正是昨日我们晚回舟迷路的岔口，是条死路，除去昨夜争渡的鸥鹭并无他物。呵呵，与这般凡夫俗子有何可诉呢。安迪，你唤船夫自行前进他的罢。

爱因斯坦：（步伐越走越快，几乎变成竞走的状态。芦苇荡里传来一些陌生语言，但这些对于咱们的大科学家来说都是浮云，哪在乎什么朝代风云，咱自是英雄。更何况只是瞧见区区一个明显心高气傲虽然风韵未减少女时代但依旧看得出来很难搞定的小少妇。）

每一条道路都应该走一走，发现一条走不通的道路，也是对科学的一大贡献。

（爱因斯坦一边这般思索一边坚定不移地朝着湖边没有回旋的唯一一条死路走去。）

李清照：（撩了撩鬓发）你瞅那鲁莽男子竟生闯了吾等饮酒畅谈诗歌的圣地，他那满头卷发定是个莽撞之人，竟连面颊之上的胡须都未清理。

爱因斯坦：（到了进退两难的岔路口。把心内所有的公式都拿出来算一遍）耐心和恒心总会得到报酬的。

李清照：（实在忍不了那个倔强的大叔，唤船夫停一下）喂！

爱因斯坦：（迷茫状回头）干什么？

李清照：（掏出墨镜，不忘摆pose）大叔，你那条路走不通。我是李清照。

爱因斯坦：（扶了扶眼镜）噢，这样。那这扇门到底是通向光速之说还是量子理论？还有，谁是李清照？

李清照：（在船上稳了稳未出口的嗝，双鱼座特质发作……竟然不晓得李清照是谁？分分钟激起我的存在感！！！）那什么，大叔，你从哪里移民过来的？小妹给你说说我大中原的山川河流鸟兽日月。

……

从此，李清照和爱因斯坦在岛上探讨关于广义相对论的问题，争了五年零五天之后，拉平了时空不匹配的那些岁月。

第二场

时间：五年后。

地点：西湖边中西合璧的小别墅内。

人物：中年的爱因斯坦XI和依然自以为心是少女心身就是少女身的李清照。

背景：五年期间，爱因斯坦很是纠结于他穿越的附属品和他的感情生活。他也逐渐从一个纯粹的理工科男生变成了半工半文，半数时候甚至会在写新论文的间隙抬头，做一首“如梦令”之类。

李清照声名鹊起，各种签售会和见面会日益增多。她也越发注重起打扮来，晚上睡觉之前必须一遍面膜两遍精华液外加研究一番最新的时尚信息，对大小红人最近的搭配指南了如指掌。

李清照：（凌晨两点五十八分，稀里哗啦一串钥匙声，门开。）我回来啦亲爱的。

爱因斯坦：（大声）呼——

李清照：（把高跟鞋随意脱到一边，挂包包，摘下戒指，把披肩丢在沙发靠背上。）呀，你又睡着啦亲？今晚怎么不去参加我的签售呢？说好的嘛。场面可火爆了！

爱因斯坦：（更大声）呼——

李清照：（摘掉项链和耳环，换上睡衣，绾起头发准备去洗澡）哎，总是零交流。说好的浪漫呢？！

爱因斯坦：（震耳欲聋）呼——

爱因斯坦旁白：

她晚归的次数越来越频繁。每次回来都带着半片芦花或者立即钻进书房到天亮。我怔怔看着她关门的背影，仿佛看得见想象力强大无边的力量。她有不尽的灵感，过不了几日报纸的头条定又将她的新作捧若全时代全人类的珍宝。李清照正时时刻刻在我的眼皮之上住着，指点着，她的酒气甚至还喷到了我的鼻腔里脑神经里，在我挂着无纺布窗帘的办公室里怎么怎么都挥之不去。

但是，她并未跟我在一个时代中的同一个轮回里承诺过。什么在朋友圈晒一回家宴或者为后代的爱情观负责任。她于我来说，曾经是一个午睡的时间，是一瓣樱花、一树玉兰的清香和盛放。现在，她是一果园的柑橘或者樱桃果。沉甸甸的收获欲求。

第三场：

时间：又过了一年半。

人物：依然中年的爱因斯坦XI和永远自以为心是少女心身就是少女身的李清照。

背景：李清照工作室越发红火。她不仅在图书产业长居榜首，更是捧红了大批新兴的作家，把励志、青春、爱情、古装类的市场掌控了大半。新近开始进军影视业，把之前的畅销书都拍成电影和电视剧。忙得脚不着地。

爱因斯坦，则在偶然的机会发现东京更适合光电效应的研究，就在那里设了办公室长期住了下来。他在他办公楼前面的绿化带上，种满了白色兰花和粉色郁金香。

还号称“三千年读史，不外功名利禄；九万里悟道，终归诗酒田园”。

……

这是一次午饭吃多，坐在暖阳里发呆了半小时的结果。脑子是一台电力充沛的想象力榨取机，带来所有工作时候需要的灵感和有的没的胡说八道的调味剂。

在想象力的平行时空里，没有什么是不可以相遇和组合的。爱因斯坦也没有什么理由不爱上曼妙多才的李清照。

Emma说

我是听摇滚的OL 我是偶尔也会有摩羯特质的双鱼 我的套装下穿的是豹纹bra 如果你在夜店遇见我 请装作不认识我是你的女上司 亲爱的 我是妖精 你是谁

SPACE

A WILD

完美主义狂的难题

Emma说

在清净的心里

烈焰也是一面碧湖

CHILD'S

DREAM

小时候在课堂上回答问题，说完之后对老师的每一句评语，都看得极重。若是没有得到一句“非常好”、“比其他同学回答得都要好”，坐下来之后一整天的心里都是空落落的。

考试结果出来，得了99.5分，哪怕全班有一个100分，都懊恼到不行。

小学的时候老师就说，这孩子太过争强好胜，凡事太求完美，长大一定累得慌。刻意想要纠正我，拿视力不达标压下了好几个学期的三好学生，我却在拿着红花少年的那些个假期里，开始越发沮丧越发内向。

有段时间画自画像，怎么都画不出来；我不喜欢我的照片，觉得那五官、那戒备的表情，不是我，一定是摄影师的技术差劲；在无人的时候自拍，拍出来对着照片注视很久，各种挑剔。

在那段时间里，我并不完全清楚自己是怎样的，我昂着头走在路上的时候，脑子里装着的形象是另一个小人，够白够瘦、自信热情、聪明玲珑。我会对自己懊悔，对现在抱怨：“我这样努力，为什么生活却不够完美？”

其实外人都觉得我很幸运，曾经的梦想对于我来说，已经是一个可以拿出来炫耀的传奇故事。可这么多年以来，山水迢迢，我却几乎从未满足和停下来，看过两旁风景。生活给了九十五分，我一直在未满的五分里眼眉紧锁，揣着这样扭捏的完美主义情结，迈过了而立之年。

我领养毛线时他不到三个月，抱他在怀里回去。他一路低头垂眼闷闷不乐，到办公室后用了一个小时才在桌上尝试站起来，蹭到我电脑旁边，舔舔我握鼠标的手指头，趴下睡着了。

他睡得微颤的身体，呼哧冒热气的鼻子，甚至叽里咕噜地说梦话。他把我当成他唯一可信赖的对象，即使在一个完全陌生的新地方，就这么无顾忌地，睡着了。

我看着他，心软到无以复加。

后面的日子，我带着他上班、吃饭、做头发、看电影、逛画展。每天早上他醒来第一件事情，一定是挠门找我；进饭店时只要掀起他的耳朵说“毛线，躲一会儿，等一下再出来”，他会立即躲进大包里，乖乖让我把拉链拉上大半，我也好大模大样地晃进去；给他洗完澡之后和他一起在床上相互逗乐，啃手指翻跟头。

刘先生给我拍了很多照片，照片里的我，眼睛里再也没有之前的那些栅栏，有细纹的也好笑得不够美的也好，全都是满当当的快乐。刘先生说，很多年没见我这样为简单的小事情如此开怀。

在信任的氛围里，在不需要防备的事物面前，在不介意得到怎样评论的人/猫/狗的对面，我是我。

然后，学习怎么爱上现在的自己。嗯，腿挺长啊，不胖啊，也白皙清秀，能把喜欢的事情变成事业，父母康健，人缘尚可，身边的爱情也是陪伴和纵容了我十多年的，就连院子里的栀子花，都仿佛开得比别家香呢。

现在，什么都挺好的啊。

即使生活欠缺你四十分的时候，又怎样？把已得的六十分当全部，去享受挥霍吧。

完美主义狂的难题，被当下最好的时光给解开了。

爱因斯坦XI的眼里，李清照还应该是初见早上的三两古灵精怪加七两超尘脱俗，生活中应该隔三差五有首“声声慢”配早餐，然后把白日献给量子力学，晚上研究人类的战争与和平。

这样的日子里，即使绿化带里种着兰花和郁金香，也看不到晨光里的露珠被金龟子抬走的样子。

当然，李清照君也看不到爱先生已经对镜把胡须造型修成时下最流行的大叔范轮廓，他甚至吃力地学做了三四首“如梦令”，就放在床头柜的第一个抽屉里。

BALI

西坂
西坂

A WILD

理性和感性有场仗

Emma说

拔掉那个瓶塞的时候 才发现
不过是个橡皮塞子 不是关节
世界和他们 都需要你保持两
面都精彩

CHILD'S

DREAM

创业初始的团队，每日必定加班到很晚，每个疲惫的傍晚围在同张桌子上吃饭。下班后一起坐公交，互相打气鼓劲。

说是老板和同事，更像是兄弟。

第一任客服经理，在后来越发完善起来的规章制度下觉得束缚越来越多，后进的新人们能力越发强，自己做得吃力，亦觉得一间间隔开的办公室里严肃的工作状态已不能够再像从前那般亲密无间。纠结再三跟我提离职，在某天的清晨所有人上班之前去公司收拾了零碎杂物离开了团队。

那个早上我很难受，在家里看着短信大哭了一场，我朝刘先生发脾气，仿佛他是理性无情的代言人是钢铁纪律的维护者是感情义气的破坏者。我朝自己发脾气，跟兄弟们永远在同一棵树下喝酒吃肉的日子怎么变成了我独自高高在上？

业绩爆发时，刘先生和数据部的孩子们企图发掘出所有产品爆出的理由。一款连衣裙很好卖，为什么？是因为圆领加蕾丝加大摆？还是显瘦加高性价比加流行公主风？总结出因素之后它们各自的占比是多少？因素和占比都有了之后是否可以以同样的方式再复制出爆款二三四五六？

爆款规律没总结出来，我爆了。那会儿我的眼里，艺术家的思维方式是不屑与这等凡夫俗子共通的，而感觉这玩意，又更是高深莫测独一无二，复制简直是种亵渎。

这些场景都曾经让我怀疑过初心。

后来，集众多事务和决策权于一身的我开始忙得披头散发，所有笃信不会有问题不会出错的环节，因为只有一颗脑袋一双手一天二十四小时，而变得笃定会出些小错；或者因为要等我决策上个环节而迟迟不能做下个环节，导致工作量分配不均流程堵塞。

就连晚起一会儿的早上，想着电脑打开时有汹涌的留言涌来等我决策，然后才能开始其他动作，于是捧豆浆的手都禁不住颤抖，充满了罪恶感。更别提能够脱身去旅游去思考更大的方向，夜场电影和夜宵是最符合我那会儿的量身打造。

再往后，连忙到四脚朝天都无法不影响流程的情况下，我只能主动把手上的岗位细分权限下放。原本靠“感觉”来做的事情，其实自有逻辑和规律，只是在感性频道里无法用数据用语言去总结归纳罢了。

新加的理性频道里：我在看各种统计报表判断下一季的品类里连衣裙的销售占比应该是百分之十五还是百分之十八更合适；根据市场调查

和数据收集判断客群的身材比例是怎样的倾向，应该把版型做怎样的修正；每一个阶段的销售目标并不是歃血为盟就可以的，而需要详细的数据来判断目标制定是否合理是否顺应市场，并需要根据落地的数据在实施过程中进行监控和调整。

与此同步，感性频道，并没有因为新加的特质产生排异反应，它宽容开心地接受了新的伙伴们，从此幸福地生活在一起。

（哦，感性频道它可真是一个识大格局的软妹子。）

慢慢认识到工作状态中左岸和右岸共存的美好，最多不过隔着一条塞纳河，搭桥就好。

也慢慢明白了和刘先生的感情里，最大的浪漫，就是陪伴和理解不一样的对方，不妥协不强求，争执着各自成长，谁都不输不赢不依不饶。即使一个是圆一个是三角形，组合起来也是有趣的很多种可能性，好过残缺的半圆论。

感性和理性的这场仗，不只存在于自己和别人身上，更在自己的不同时期里，在同一时期的自身中，共存着，打斗着，永远硝烟四起又不忘打情骂俏。

我发呆到最后也没有把开头那段剧给编完，谁也不知道是李清照先去了东京看樱花还是爱因斯坦回了西湖边与同学聚会。

不管是什么样的借口，再见的时候，应该都对感性和理性的这场仗有了个新见解吧。

CHOOSE
TO
SHINE

E L F　S A C K

这不是一个励志故事

A
C H
D R

“听说你昨晚又喝断片了？”

“我从来没想过有一天会跟你讨论自由市场经济的事儿！”

“请问你打算什么时候生娃？”

“走，去骑马！”

“今晚吃日本料理还是臭豆腐？”

这不是一个励志故事，不炖鸡汤，何况梦想从来就不是一个出世脱俗的果子。无论在追梦路上还是中途停顿的驿站里，都还是需要入世的态度。

决断时候的魄力强势和贪恋刚泡好的茶推迟了十分钟开会都是好状态。

异国街上的酒后弹唱和家乡小院里的米饭喷香，都是好日子。

Cars
High Above
DRINK MENU
PELICAN

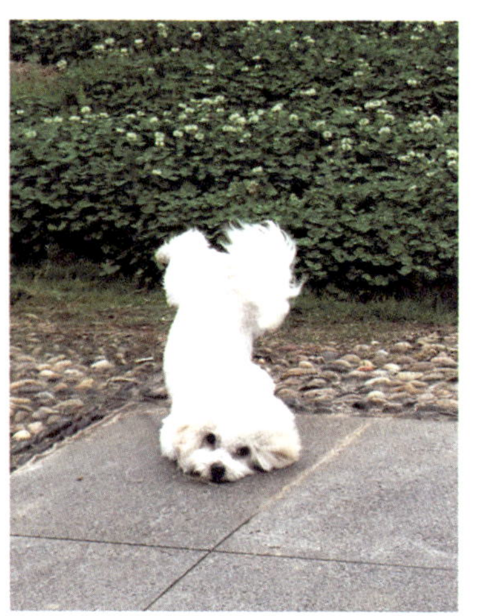

毛线 跟我不一样的是他对美食和美色没多大兴趣，只喜欢到处疯，非常善于自己找乐子创造新游戏之类。仿佛自我认知也不太清晰，常常搞不清楚自己是只小个子狗，常跟大人发脾气，情绪不稳定，略神经质。那个，他爹说这点倒是遗传了我。

毛线：这是第一次跟麻麻（妈妈）回老家的照片。咔咔，游泳，玩泥巴，捉蝴蝶，瞻仰麻麻长大的地方。不过蝴蝶姑娘不怎么待见我，摔了我个脸朝地……

Emma：回老家，恨不得把整个村镇都搬走，然后到城里放下，自成一个小国。慢悠悠，静悄悄，出门都是我的大叔和二婶。闲逸亲切。

毛线：噢，我麻麻又开始文青了。让她静静，我自己玩耍。风一样的男子来啦！

毛线：你是哪个？

棒针：粑粑（爸爸）给我起名字叫棒针！我是你妹！

毛线：棒针？！我妹？！我才不要妹呢！麻麻，我不要棒针，你不爱我了吗？（满地打滚）我要离家出走！！！

棒针：啊噗，什么人嘛，本宫还不稀罕做你妹！

旁白：

后来，棒针妹妹因为有这个爱嫉妒、小心眼、要专宠的毛线哥，被残忍地过继给了财务部，从此因祸得福，和各式数据和银子生活在一起，过上了衣食无忧的富养日子。

including Paul Smith, Vivienne
Alexander McQueen,
original designs in a myriad of
Lane Crawford and The
consultation service

和亲爱的转转的第一次旅游，是香港深度游。

去了很多藏在巷子里的本地人热爱的好吃到惨的小破店，去疯狂试穿了几百件衣服。

去了迪士尼，每个项目都在排长长的队，热到差点蒸发掉。

炙热夏天或者依旧配不上冷气的凛冽。

买手店里我们一起琢磨过店员微妙的绕口令和眼神。

然后再一起抵御的士司机在狭窄的山路上奔驰的悍勇。

心脏在小胸膛里到处冲撞如同初恋，经过的一切都被玩得风生水起。

芥末鸡脚筋在等我们，米奇老鼠在等我们，叮叮车在等我们，小木马在等我们。

半醉半醒间溜过了大把的花边新闻，唏嘘也好，欢喜也好。

戏谑的语气和表情里时时刻刻发现亲近的蛛丝马迹或者也是个奇迹吗？

照片里，还有打趣着的112楼窗外。

空气清冽，港岛的摩天大厦群拥有过于清晰可见的焦躁不安。

但一旦被我们注视，一切就慢了下来，仿佛在等待起飞。

偶尔因为阳光刺眼，也会闭眼。

不要理会路人甲乙丙丁在青天白日里吵出一片面目全非的狰狞，我们自有我们的小世界。

但睁开眼，就学会记得，学会戴盔披甲。

我说白马非马。

你说马非白马。

这个 是三条巷一带著名的六鲜面。

2008年的时候，公司就在这儿附近，业绩完成顺利的时候，我和刘先生会在收工之后，到这家来吃面条。小店一直开到凌晨两点，老爷子收银，媳妇上菜，老爷子的弟弟和弟媳妇收拾打扫，余下的儿子、老太太都在厨房帮忙。地方破又小，流程简单。

我点六鲜羊肉，刘先生点六鲜腰花，心情超好的时候会一人加一个虎皮鸡蛋，汤汤水水荤素搭配的一大碗端到面前，世界美好得跟伊甸园一样。

后来搬了家，偶尔得空我俩还会去吃面条。刘先生说那叫忆苦思甜，不能忘本。

这么多年六鲜面只涨了五毛钱，店面还是那么大，老爷子明显年纪大了些耳朵背了些。顾客没有那么多的时候，一家人就围着收银台前的电视机看肥皂剧，其乐融融。

去意大利和法国看时装展，顺便放风。

当时是第一次去欧洲，没有想象中整洁和堂皇，但城市中有太多文化沉淀。随便一条小街道，两旁都是有几百年历史的建筑物。门口有用“自由派刷门法”刷门的大叔，我们在这扇“斑驳派”的门旁拍照，大叔如同他在拍卖会的作品得到了赏识，边哼起小调边刷得更欢，刷子蘸着绿油漆，几乎要飞到另半边正把门刷成橙色的小伙子后脑勺上。

我在多姆大教堂内发了半天呆，在这样的建筑面前没有比安静地感受更合适的状态。什么样的力量和珍惜之心，才能够让这座自1248年起建的建筑保留至此地步，让人叹服。

刘先生迷失在米兰街头，迷失在比美女更多的小鲜肉群里，我一眼看穿奔过去搂住他。

“兄弟，今晚去哪儿喝？”

客服部 过集体生日，写给其中一个小伙子或姑娘的生日卡，不知道是谁拿到了，有没有笑哈哈。

“木头人和他的木头钢琴，在去小行星的路上，模仿情侣。

生活需要异想天开，是不是？

亲爱的，生日快乐！

愿，初心不改，激情不竭！”

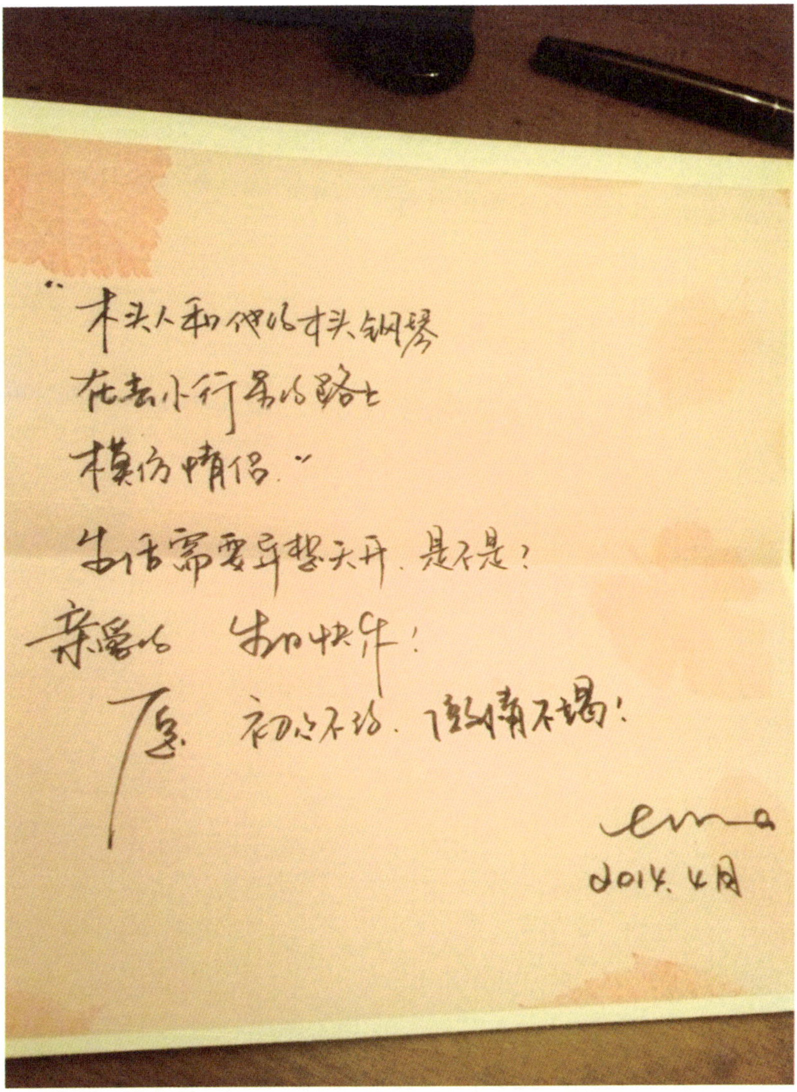

“木头人和他的木头钢琴
在去小行星的路上
模仿情侣。”

生活需要异想天开，是不是？

亲爱的 生日快乐！

愿 初心不忘，激情不竭！

ema
2014.4月

“从明天起，做一个有情有义的闲人。数数MM豆，看看小唐唐（冯唐）。”

这些个色彩组合，你最爱哪一个?

曾经觉得创业的背后除去成功的光环，更吸引人的是完美的自由生活。没有管束和规定，没有上班的打卡领导的训话，可以追剧追书到凌晨，可以为所欲为，比如有无限的时间可以去旅游可以去逛街，后来才发现“童话里都是骗人的”。

有了萌芽的团队之后，就如同孩子出生，从此再无没心没肺没牵没挂的时刻。

每一个当下都跟自己说，忙过这几天就会好啦，忙过这个月就会好啦，忙过今年就会好啦。

然后，没有然后。

“麻麻说，她要带长得高的小朋友去现场看世界杯。我使劲喝喝喝奶，我使劲睡觉，我要长大！！！”

黑毛小家伙本名叫毛豆，在家养到一个月之后，过继给行政部。之后改了个洋气的名字叫Kimi，据说现在是公司附近广场遛狗队之街头霸王，无论萨摩、松狮都照样撩拨。

宠物是温暖的“家居必备品”，就像刚开始的咪咪同学，是填补在各种腰酸背痛心烦意乱的空隙里的纯天然小药丸。

这是 2014年的8月初，核心员工的第一次集体旅游，二十二个人，巴厘岛。

我们一起在沙滩上被晒成烧烤妆，第二天上粉底液的时候，那叫一个完全匹配不上啊。男生抱着冲浪板冲进大浪里，有多半负了伤嗷嗷叫着被浪打回来，女生不敢跑太远，手拉手站在没到膝盖的海水里，很傻很天真地准备等浪冲过来时试试看“美色城墙”在抵抗大自然时靠不靠谱。

结果，奇迹没有发生。我们连人带冲浪板被冲了个“花枝凋零”，连比基尼都差点给冲跑了……

在海边长桌吃烧烤时，正是傍晚，海岸线上的日落美得不像话。在沙滩上写了大大的ELFSACK FOREVER，围着拍合照。至于饭桌旁临时组乐队卖唱的那张，随便看看吧，内行看得出我那根本就是醉了吧，随便拨弦、拨弦……摆拍。

那次，也是八年来所有的核心员工能够集体放心离开一周之久，从经理、主管到基层员工，能够照样运作，问题自行解决。

手机基本很安静。

这在之前的几年里，流程不健全的时代里，叫作白日梦。

“忽然想在有雾的早晨骑车去西湖，可以听着下课的钢琴声，看看从闹哄哄的教室逃出来的小人儿；也可以在靠窗的座位看书写日志，累了就偏过头，看着夜晚的天空，等《献给爱丽丝》响起。然后，青春不老，女孩发亮。”

这是我们第一次出外景的其中两张片子，2011年的夏天，我们想给初秋的第一波新品换个新鲜模样，又不愿意去被拍烂了的外景地，阿光和叶子就商量去了东极岛（对，就是韩老师后来拍文青怀旧故乡片的地方）。却在临上岛时，被告知因为东极岛是军事基地，不允许外国人进入，求情再三后才勉强同意拿护照去当地派出所盖章之后才予放行。

Anna没有带护照，一行人等想尽办法，只能让朋友去杭州Anna的住处取了护照，再亲自送过来，我们才得以坐上小舢板，漂了将近四个小时，到达东极岛上的小渔村。

大家一路晕船吐得厉害，到地方就开始忙着拍摄，一直拍到半夜。

第一张照片上的Anna，身穿宽松的针织衫和衬衫，背后是未下水的渔网。她像企望外面世界的女孩子，满眼的诗和远方。

第二张照片近半夜，背后的渔民已经开始第二天的工作，他们面前的大盆里是淡菜，把肉挑出来，晒干成海鲜制品，是每天凌晨开始的辛苦又理所当然的重复工作。他们对我们的拍摄视而不见，也完全不明白一个老外穿成这样来那小破村子拍照干什么。

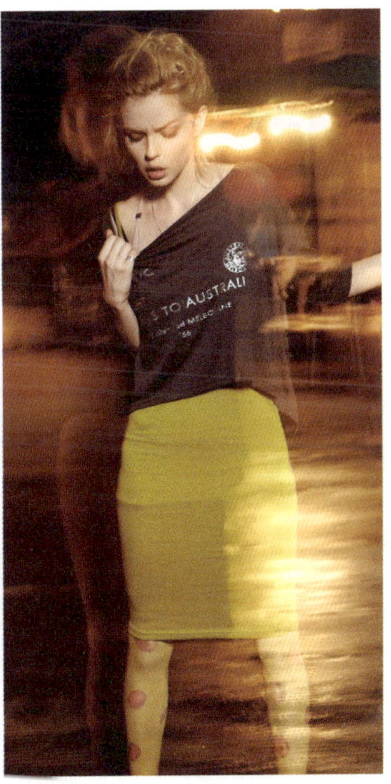

"To be or not to be?"

"我还是个孩子啊！！"

这句话真是性感死了。

喜欢少年气的任性者。我自己不也是这么任性着幸运着吗？

多数创业者的初衷里，都有哪怕一丝丝原因是找存在感，他们对于自身在茫茫人海中、在短短一生中的要求往往都比较苛刻，希望自己能拼尽全力留下些什么，证明自己来过，和别人有些不一样。

我也会有。

只不过在这种心态里若是走偏了，就变成一种过分需求观众，需求道具、舞台和灯光舞美效果，甚至依赖后期制作的"花国总统"选秀比赛。

Today is history!

马走日你成
杀人犯了!

麻麻 我爱你
那个 我想吃一根鸡肉棒

麻麻 你最漂亮了
我想要个鸡肉棒棒

麻麻 我自己洗过澡了
我想要个鸡肉棒哇！

麻麻 我有点不舒服
我想吃个鸡肉棒应该就好了

麻麻 我再不吃鸡肉棒就要晕过去啦！！

啊啊啊 我晕过去啦！

这段是独角戏，不用给他配台词了。

他真的是一个假一赔十的逗比。

这是其中一年的双十一前夜。

当天晚上赶到欲助阵的供应商们，大家一起围着小电炉子喝热黄酒，把鸡蛋打在杯子里，烧开的黄酒一冲，蛋花瞬间就熟了，丝丝缕缕飘开，酒香扑鼻。

三瓶黄酒下肚，正是11月11日的零点，墙上的投影打着一直在跳跃变化的销售额数字，所有人都在喊：“再冲再冲，快啊快啊！”就着酒劲，刺激得如同真枪实战。

那年双十一，我们用三天时间，共发出五十万个包裹。

Emma说

又一年双十一 欣喜结束 辛劳结束 有大年初三的感觉 又大一岁了哈 有蛋糕 许个愿 愿你的野心 无畏和勤奋和平共处 愿你的任性 无知和孩子气永得珍惜

我身边百分之九十九的人，在听说我做菜这样的字眼之后就会开始进入尖叫（啊！！）——质疑（不可能！绝对不可能！！怎么可能?！）——坚决否定（绝对不是你做的！）的模式。

然后每次都是刘先生笑眯眯地来圆场，并信誓旦旦地说：

“她真的会做菜。而且做什么像什么，还有模有样的呢。”

结果，往往就是一声意味深远的长音——“哦”。

不过，我几乎没有做过重复的菜，或者说，即使一样的菜也是每次不同的味道和做法。因为每次做菜几乎都是临时起意，冰箱里有的食材任意搭配，随机创新。

这一点，倒真的就是我的风格。哈哈。

土星最好的吃法是碳烤，它本身带着的光环应该就很美好，所以不用加多余的调料，将黑胡椒粗粒倒在上面，在温暖的火上发出欢快的嗞嗞声，冒出白烟。唯一的愿望，就是长情到明日，空腹思念这味道。

老地方，就连烤出来的鳗鱼，都那么情意绵绵死性不改。

Emma说

看来我不是超人 也不需要去拯救宇宙 那么 去浇花吧 去学水煮鱼 去做双皮奶 带着猫去偷隔壁的鱼 丢了心约你去阿拉伯 你们说喜欢我有意思有怪心思 自负又神经 榨汁机也表扬说 有了我之后 就有榨不完的激情 省钱省力

在 日本。

前几日在奈良。清早出去，夜晚回来时嗓子已经疼得不能开口。深夜两点，大家都还在工作。拍了无数照片，一路自植物讨论到了森宿的各种，从大风格至小主题。日本此趟出行本是不在计划内的一段，签证在临走前三天出来也就偶然成了行。奈良连续雨天，樱花并未如宣传的早开。

早上大雨里的古寺却因为天气格外清静雅致，雨香沁鼻；下午没按地图闯进了另条山路，没料雨渐停，意外在山上遇到九十一岁的热情匠人，见到了梦般惊艳的晚霞。天黑下山，兴致不减，听任和玥各种兴奋讨论，嗓痛不能言，心里感慨。生活如是，诸多不可预见，一个失落的开头，未定没有一段完美的收官。日子，就精彩在这些安然当下后遇见的转角，有声色，有惊喜，才最有滋味。

トロッコ 嵯峨
さが Saga
トロッコ あらしやま
Arasiyama

第四天到京都已经人满为患，清水寺不值当我们的出租车司机一路堵车赶去。林夕等黄耀明的地方有各式陶器店每家都不错，近藤悠三的纪念馆也在其间。

傍晚时候抄近路去花见小路，途中看到不知哪家幸福的院落内早樱已盛，我奔过去在墙根饱眼福，脑补满城花开。

在火车站心血来潮，把森宿的新品衬衫和连衣裙随机拿出来配到场景里拍，还惹了大堆围观。

既然“世上有可以挽回的和不可挽回的事，而时间经过就是一种不可挽回的事”，不如做生活的记录者吧。在村上春树的故乡，森宿很合拍。

L D

D ' S

A M

“把 规矩都打破了再融合一下

生活是不是会更可爱

一匹桌子 一颗猫咪 一头芍药

或许就可以一起活捉了一只正在飞的柳絮

捉完放了又捉又放了

乐此不疲”

从来没有哪一年的生日，像今年这样，提前几天就开始颠儿。

我是个冒险家，好奇心重过象，曾觉得天大的舆论都是狗屁，觉得反对的声音都该拿来垫桌子，放滚烫的搪瓷杯，熨熨平。

曾无惧无畏，无法无天。

当然，现在大部分时候也是，呵呵。

兜兜转转，幸亏上帝没找到新宠儿，还有心态狂妄，还有时间暴躁，还有个漂亮嘴形说呸。

其实，上帝是你，你，你你，是你们。

幸运如我。

还有八小时，双鱼，生快！

许愿：

愿之后的每一个早上，都有不竭的热情，藏在稀饭里。

——2014年3月1日

FEAR
IS THE
MOST
BORING
THING
ABOUT
YOU

ELF SACK

附 录

她的酒杯里怀揣着月亮

企划部经理 \ 华玥

我曾写过二百一十四篇博客，最后一篇停留在三年前，有个很奇怪的名字叫《半毛钱关系》，第一句便是：今天隔壁办公室的Emma居然催我谈恋爱。

那时我毕业不久，谈不上理想一万丈，却也想要扬指疯狂。

接下来有些最重要的小事，吵着闹着想被说出来。

华玥

是个穿衣风格和发型都万年不变的保守顽固分子，据说理发店的人常以书生气太重为由劝她烫头发，摘掉眼镜，作为一个大龄女青年，捣腾厨房和水彩颜料是最大的乐趣，最近也开始涂涂小口红穿穿长裙子了……总之，是个大部分时间都热气腾腾的文字爱好者。

去Emma的微博、朋友圈随便翻几页，必定会有一堆跟酒有关的小片段，用她的话说，酒精可以把灵感那个小贱人勾引出来。

第一年的秋天，她带我去一家七拐八拐的巷子里吃超级美味的海鲜大餐，至今怀念那道蟹黄火锅。后来一边聊一边喝，也不知道咽下去多少杯红酒，只记得半夜十二点独自打车回去，下车的地方是南京最高楼——紫峰大厦。我就坐在地上对着排水道狂吐不止，然后晕头转向地左转右转回家了。

第二天醒来脑子里还回荡着Emma搂着我时说的话：在这里，不管是为了梦想还是生活，我都努力让你以后永远不后悔，但是，你也要不怕吃苦。

嗯，我从来都不怕吃苦，因为热爱呀，怎么会苦。

第二年的夏初，她带我去一个好莱坞电影主题西餐酒吧，讨论妖精七周年店庆方案，她认真且沉醉地跟我介绍那里的装修风格，每个模型每一幅画，都是老板从美国运回来的。我看到了墙上的披头士和教父，绿巨人和玛丽莲·梦露，鲸鱼和斑马，他们都有着一张无所畏惧的脸。

我们从视频剧本讨论到海报场景，盘子里的牛排和刀叉都恨不得飞到半空找个存在感，我只记得再一次被Emma灌了很多酒，好喝的水蜜桃味的鸡尾酒。

那天她说，心里想到的东西，一定要说出来，做下去。你的心里有座花园，为什么说出来的却只有一片树叶呢?

我是不会告诉你那天晚上从出租车下来后我是怎么亲吻大地的。

第三年的初春，在森宿快要两周年的日子，我们去吃晚饭，Emma不知从哪里搞来几瓶很小众的葡萄酒，据说是一位美好的离世俗很远的姑娘亲手酿造的。于是我们一群人喝啊喝啊喝，说跟西瓜一样清甜的话，跟鱼腥草一样微苦的话，跟烤猪蹄一样充满力量的话，大家都一吐为快。

接着转战1912的温莎，服务员豪气地搬来一筐洋酒和冰红茶，看起来很烈的样子，刚刚两种口味的红酒还在胃里狂奔乱舞，这是要不醉不归的节奏了啊。

有个伪文艺男开始陶醉地唱《董小姐》，唱“爱上一匹野马，可我的家里没有草原”。后来我们还唱了《如果没有你》，唱了《苏州河》，然后Emma默默地倒了满满一杯烈酒给我，默默地推开了旁边的冰红茶，然后在很大的音乐声中跟我说：“你能不能做点惊世骇俗的事？”然后我们干了那一杯酒。

那天晚上我终于没在马路边上吐，喝完直接奔去厕所。

我的酒量就跟恋爱细胞一样，丝毫不贪恋烟火。

只是那个问题，让我度过了几个不眠夜。

还是第三年，深秋，转转终于来南京看望Emma。

我们去夫子庙，吃胡椒粉味很浓的土豆串，吃香香的臭豆腐，秦淮河的灯很美风很柔，还在排队等饭的间隙里偶遇乌衣巷。

那天晚上我们喝的是黄酒，温热的黄酒，也是我第一次喝黄酒。

后来，我总算明白了为什么《新白娘子传奇》里，白素贞喝了雄黄酒后会现原形，这杀伤力……

几杯下肚，已经不能好好地聊理想、聊弗洛伊德理论课上的俄狄浦斯情结、聊肥肠和臭豆腐怎么就那么好吃，也不能继续聊我们公司那个会写诗歌的文艺理工男当年是怎么追上老婆的。

隐约听到Emma自言自语地说："我们的文案要一直好好写。"

然后，此处，省略一万字……

最后，此处，对那家饭馆的服务员们表达最诚挚的深深的歉意，对周围的客人深深鞠个躬，对口感极佳的黄酒也说个对不起。

剩下的我什么都不会说，哦对了，谢谢那个给我塑料袋的古董店的大叔。

嗯，我们的文案，要好好地写。

突然想起来，这本书我是绝对不会让我老爸看到的。

在Emma身边的这些年，领悟了很多事理，变得职业变得坚强，交到了值得珍惜的朋友，渐渐发现自己也是个有些小野心的人。虽然酒量一直没长进，也一直没有遇到个想要谈恋爱的人，但最害怕的无助感，却从未出现过。

我们还有些摩卡般的话题，比如名字叫罪恶晚香玉的香水，比如巴厘岛的色彩极美的神经牛，比如高晓松的世面，比如，爱情世界里最有权势的暴君。

她还在某个我忙得昏天暗地的下午，说恨不得给我放一天假回去看两遍某电影；会给我发一堆喜欢的女歌手的歌词截屏，波德莱尔的某一句诗；会激动地讨论今天《ONE · 一个》里的某篇文章和它的作者。

这些东西真的比昨晚十一点的烧烤还要美味得多。

中学年代，语文老师说一篇文章要在结尾处点题。我不得不再一次回到酒的话题上。年会散场后，Emma嫌弃我酒喝得太少，我怎么就神经兮兮地一直揉她的后背，嘴里一直重复“来日方长，来日方长”。

她的酒杯里怀揣着月亮，在梦里温柔，被庇佑，永不朽。

真诚是最动人的气质

运营总监 \ 王鹏

在我小学五年级的时候，教了我五年的语文老师突然由一位六十多岁的老太太变成了一个体型健硕的中年男人。我已经不记得他的名字了，只记得他皮肤黝黑，脸上布满老农似的皱纹，爱吸烟，牙齿黄。事实上，我并不喜欢他。他全身上下透着一股土气，缺少一个语文老师应有的一切文明、博学的气质。

那时候他带着我们三五个小屁孩，每天放学练习写作文，准备参加

王鹏

比起运营总监，他更喜欢以下称呼：妖精足球队队长、运营中心第一男神、鲜肉老顽童、青岛纯爷们……目前正拿着做销售的雄心走在减肥壮志的大路上，时常在正经谈工作和不正经谈生活的模式中自由切换。总之，是个机灵又风趣的靠谱年轻人。

那一年全市的作文大赛。他的指导一般来说缺乏文字的美感，不在意技巧和句式，也不让你看华丽的词句。每次拿新写的东西给他看，他都从头到尾闷闷地不说一句话，嘴里叼着烟，看到最后盯着你，问你："这事是你的真事吗？""我构思的。""嗯，那你重写，写自己的事。"

那时候我十一岁，离现在是遥远的十七年，他很多的话都模糊地消散掉，只记得他总是在我们身边走来走去，沙哑地念叨："你们的作文，要写你们的真情实感。"

我记得特别清楚。

来妖精的理由很简单，缺份工作。来了之后也就待下了，不知不觉这么多年过去，早已习惯这里的所有东西，包括这里著名的“简单粗暴不拐弯”的文化。

2011年那会儿，我每天为了新项目在公司上蹿下跳，容不得其他任何人的失误。那会儿杨静还是一个未婚的辣妞，每天蹬着十厘米的高跟鞋来上班，身后甩着马尾。

有一天下午，当她正在为晚上的首页发布埋头的时候，我去拍了她的桌子，大骂她安排的事情不靠谱。她坐在椅子上转头盯着我，血丝和眼泪同时出现在眼睛里。那是她给我的最真切的回应。现在的她已经是一个小帅哥的妈妈，每天穿得特别职业正经。这么多年来她一直保持着当面损我背后夸我的好习惯。

2013年春天，我开车在高架上，顺便与同在车里的女友吵得不可开交。兰兰的电话很不恰当地打断了我们，然后是不断的抽泣声，要哭到窒息的那种。那一刻我真的以为她是不是错手把谁给杀了，打电话来问我应该怎么处理尸体。虽然这个问题我也研究了二十年，但还是没找到有效的方法。一分钟后，她终于磕磕巴巴地开始说话：“老大，我今天晚上能不加班了吗？我真的要崩溃了，感觉事情怎么做都做不完，没有尽头。”我立刻发挥了自己安慰人的强大能力，让她回家洗澡看电影休息。后来我在想，那之前的一年多里，我着实没有把她当一个二十出头的小姑娘看待，疯狂地压榨着她催逼着她。这都导致了后来严重的后果：她不断地被升职加薪，走上人生巅峰。

还有一个冬天，我和一个久违的朋友在海底捞吃喝扯淡。那是我这辈子记忆里跟人面对面说话最多最久的一次，我们从晚上六点扯到夜里十二点。我们聊了电商在未来的样子，聊了美国的宪法，聊了当下的家务琐事。喝着聊着，聊着喝着。娓娓道来，眼泪也缓缓地流，一边喝一边流，像是被热酒熏了双眼。

这些年来，好像总是有不同的人在不同的空间和时间里对着我流泪或哭诉。我成了名副其实的“眼泪梦工厂”。直到有一天华玥在我办公室里，说着说着就开始哭，然后说：“一直告诉自己不再在你面前流泪的，但还是忍不住。”我明白了，这些为了委屈而哭，为了压力而哭，为了成绩而哭的人，在我的面前是如此的真诚、赤裸。

想起一周前Emma突然问我：“你说为啥你和团队很多性格各异的人的关系这么好？有什么重要事件促成基因突变吗？”

我说：“不记得有什么突发事件，或许仅仅是我在他们的面前没有装X吧。”我在妖精的这些年，被浸染了同样的味道。

她回我：“嗯，真诚真是最动人的气质。”

因为这句话，才有了以上的啰啰唆唆。

我说，想快快长大

高级运营经理 \ 喻兰兰

今天是2015年4月2日，算算我来到这里已经有三年零十九天。记得我在三整年的那天，随便找了个借口邀部门几个人一起喝酒，到喝酒时我才感慨地说我来这儿整整三年了。

Emma，那天我酒已下肚，给你发了一条信息，我说："孩子长大不就应该感谢父母吗……"因为在妖精的第三年，我感觉自己长大了一

喻兰兰

运营中心的女强人一枚，也是最有女人味的女人。哪怕前一天加班到凌晨三点，第二天照样长发飘香，眼影泛光，红唇性感，或许是运营最爱穿高跟鞋和裙子的女人了，果敢的事业心里有颗温软如玉的文艺因子。总之，是个把工作和生活都打理得漂亮的好姑娘。

点，我想告诉你和老大，那天这句话，就是欣喜地告诉你们，像是我长高了，我好开心。

对我来说，许久没有像现在这样片段片段地回忆着，更或者说回忆就像放大的过去，回头再去看看这一路，不知滋味。

2012年3月14日，看到妖精在建一座城的事，我来了。

第一年，入秋里，最开心的事是我酝酿很久终于和你说了对排首页榜单的想法。我慢慢开始排榜单时，你和我沟通了很多，我才发现，原来其中的奥秘这么大，于是才有了我后来一直引用的话——“熟悉产品重于一切，产品在心中，数据之类就自动能靠上去”。最后我把它整理成1578字的方法论。这是我的第一个总结。

那年的春节，我开心地和爸妈说我的老板叫Emma。

2013年的春天走得很快，转眼到了夏天。七周年品牌庆结束后，发生了一个意外状况，我第一次觉得自己很委屈，那天下班后我蹲在厕所门旁大哭，你进来也蹲了下来，你说你都知道你都知道，你和我说了好多好多话，我泣不成声地将我所有想说的都说完后，发现自己好了，站起来的时候腿却麻了，而你那天还穿着十厘米以上的细高跟。

十月的时候，冬天到了，我们在风风火火地准备着双十一，有天快下班的时候你告诉我，要送我一样东西，给我打鸡血。下班后，我迫不及待地跑去了你的办公室，只见盒子好大好大，还很重，我一直忍着没有打开看是什么礼物，直到回到家才打开。是一个大大的包，我告诉你这是我人生第一个某牌的包包。你说我适合大包包。那是第一次我听到你和我说"你适合"。

你不时地教我长大，用很多细节小物告诉我很多我适合的。你给我添置的花裙子；你特地挑选的上下不是一个尺码却合适得不能再合适的比基尼；你送我的可以放下内心小小世界的小罐子；还有不同色彩的套装……这些我没有尝试过的，你给的都适合，我时刻受用。

成长需要尝试，还需要累积。

我是一个平淡得不能再平淡的姑娘，小小的心思也容易被识破。

有一次周日来加班，你正在录店庆七周年的录音，我和老人在工作。那天晚上我们一起去吃宵夜，我第一次坐你开的车。一路上你和我说了好多未曾说过的话，最后那三个孩子我一直记得。等到那年的圣诞节，我终于知道想送你什么礼物，可惜最终我没有买到那三个小兔孩，虽然男朋友劝我愿望没有变啊，可至今回想仍旧耿耿于怀。

在2014年里，累积多过尝试。

某天的晚上，我看到你发给我的之前的记录文章，到现在每当我感受过多，都还去看。从那里我像是得到了某种力量，或者，又像是得到了区别于自身的人生积累。

某天的早上七点不到，你发信息问我没事了吧。那时我正坐在新街口某大街的地上旁若无人地大哭着，回你“如果这时你是我领导，相信我没事；如果这时你是Emma，我此刻难过得一塌糊涂”。

那段时间我还主动找你问如何对下不了的决定做决定。你三十秒内回复我："加速这个决定，撞南墙，重新活过来，要么便死心。"那时我什么都没说明，你却成为"专业热线二十年"。

这些的累积，对我而言像是珍宝一样，不能轻易打开。

成长经过尝试、累积，还需要"杞人忧天"。

从小习惯自我做主，成长中没有太大的逆境。这让我自己也害怕自己傲娇。

那次是从杭州出差回来，老大郑重地找了运营中心的我们几个人。说我对你的表达，还像在做报告。双十一前我组织一次对首页排版逻辑的会，你说我现在话多了……年会结束时，在你拉着我一起上厕所的路上，你回忆说你好像又对我说教了。你告诉我你有时会"杞人忧天"，我说你要继续保持。这样，你们都在我不怕，我可以快快长大。

成长的心应该是柔软的，感恩的。现在的我和三年前的我不一样，我更加自信满满，我有了更多想做的事情，我愿意去做更多的改变，我还每周都牵挂着我的母亲。

这些都少不了信任，而信任始终是我信念里最强大的支柱，我信任我要自己不忘初衷，我信任我可以不断成长，我更信任这三年是一个美好的开始。

我说，快快长大吧。

一世老友

化妆造型师 \ 叶子

遇见——2010年底第一次遇见妖精遇见Emma，她花了大堆银子买了鞋子、帽子、饰品……这是我第一次遇见愿意在饰品上这样花费的电商客户，这让我兴奋不已，同时也更加坚定了做品牌风格定位的决心。现在也许很多人都无法理解这个兴奋点是什么，在那个时候的杭州几乎所有化妆师都必须自带搭配品，为每一位找他们的客户提供给所有客户使用的搭

叶子

俗称：叶子——前面提到过的那个扎啾啾的暴脾气妞。

官方称呼：叶海哎——资深品牌风格定位师、国家级专业色彩搭配师及培训师、企业培训师、国家级高级化妆造型师。艺术美学专业毕业，2005年进入化妆造型行业，一边享受艺术生自由广阔的创作时间与空间，一边学习面容素描与水彩。2007年进入商业广告整体造型搭配，之后专注于品牌风格定位并在2009年创立同名品牌团队，是中国首个将传统美学与电子商务结合的品牌风格定位团队。注重品牌风格定位及线上转换率与成交率的实操，提升企业品牌ROI的最高效，专注为电商企业提供整体品牌风格定位、专业色彩培训、个人专业技能培训、企业内部培训等一系列的全方位的美学服务。

配品。那些千篇一律的配饰、那些毫无变化的搭配方式、那些要求化妆师搭配师必须自带免费使用的搭配品的客户都让我厌烦不已，但同时也让更多的主流客户拒我于千里之外，特别是线下四季青的服装客户。

合作——开始合作与摄影师阿光有着各种天马行空的想法，妖精的口袋这个名字给了我们无限的想象空间，一个童话故事、一段电影片段、一首诗，一个梦境……都让我们雀跃，因为这样的想法与设想通常没有办法做出一个真正的脚本转达给客户！然而让我们惊讶的是Emma能够马上从我们语无伦次天马行空的语言中直接捕捉到并且给予了十分的信任，这让我们更加欢喜兴奋！初见如故友大概也就如此了吧！

2010年的电商拍摄还算不上特别的成熟，与原来传统的画册拍摄有着许多的不同，更新上新的速度快、视觉与销售相结合让我们的拍摄变得紧凑，原来觉得无法在短时间内实现的场景布置、道具的制作都成了可能。

曾经很多人不可思议地问妖精的口袋的工作量是如何达到的，这么快的视觉呈现，是怎样的拍摄量。当知道合作几个月后便不再有人跟拍，只是把产品寄到杭州，几乎所有人都不敢相信，这样的合作我是第一次也是十年来的唯一一次。Emma的信任也最大程度地刺激了我们的责任感，使得在后面与摄影师阿光之间的争辩成为家常便饭，我们谁都不愿意辜负这样的信任与支持。

从2010年到今天，四年多的时间说短不短说长不长，仿佛相遇在昨天又仿若已是一世老友，妖精给我的创作空间是所有品牌里最自由最随性最广阔的。许多人问我：去看了妖精的口袋页面，你是怎么做到那么多造型，怎么会有那么多的变化？因为信任、因为默契，所有的造型从未受到过束缚，从前期风格定位到后面一步步完善，Emma告诉我她的想法、她的初衷、她的经历、她的理想，我开始捕捉所有关于妖精的口袋的中心思想，寻找所有可以表达的视觉点。她骄傲、她热情、她冷酷、她可爱、她妩媚……她感情丰富多彩表达也必然多姿！在她复古的主调里展示她所有的感情，生活里每一个细节都让我产生联想，看一部影片、逛一次街、走过一条小巷、路过一家小店，搜捕到的所有可以应用的信息都让我大胆、无所顾忌地加入到视觉拍摄中。可以说这个品牌完完全全地融入到我生活的点滴里。

通常开始一期造型我并没有事前准备好，但在抓起画笔时灵感随意而出，这些除了平时的积累更多的来自妖精给我的人空间，因为那份信任让我有了更大的发挥与创作。说我为妖精创造了多少造型，其实是妖精创造了我，我的成长在这里是自由的、发自内心的，也是巨大的。

大格局和细节控都是我

妖精的口袋创始人兼CEO \ 刘青

如果你在2011年的双十一发货现场见到我，我一定是站在库房中间满头大汗气急败坏地发脾气。那是仓库第一次经历那样大的发货量，所有人都没有经验，包裹漫天飞，仓库工作人员和快递人员忙碌又忙乱，地上满是包裹，脚步杂乱且很容易踩到包裹。就算工作人员以麻溜的速度把货物包装好，也不能保证各家快递公司的业务员能以最快的速度识

刘青

作为公司CEO和品牌创始人，理所当然地成为了一个极其理性的完美主义者，办公室里既有变形金刚和架子鼓等西洋摇滚玩意，也有精致古朴的茶具和艺术作品。一切都在告诉你，这个平时很严肃的大BOSS意气风发、情怀满满，总之，是个有担当有远见的好领袖。

别出自己家的包裹。常常看到各家快递小哥在包裹堆里走来走去，拎起来看到是自己家的快递就满心欢喜地装进推车；捡到的不是自己所属快递公司的包裹就扬手扔进货物堆。

如果你在2012年的双十一发货现场见到我，我一定是跟仓库的拣货人员一样，奔跑在各行货架之间，手里拿着一打快递单，嘴里念念有词。那年我们刚搬去新库房，还未来得及整理妥当，就迎来了双十一。双十一期间，业务量爆发，仓库现有的人员数量根本不足以在短短几日完成当时的工作量。为了让顾客在物流“堵车”之前收到千辛万苦抢到的宝贝，我们其他岗位的员工被全线派往仓库“支援”。日夜两班倒，我也不例外。

很疯狂很辛苦的一次双十一，凌晨下班的人见到来接班的小伙伴带来的早饭，竟然累得连半个包子都吃不下。

如果你在2014年的双十一发货现场见到我，我是可以悠闲地跟你聊一会儿天的。去年，我怀着忐忑的心情在双十一赶到仓库，刚出电梯就遇上一个挂着黄色工作牌的工作人员推着一堆货在等电梯。他的工作牌颜色告诉我，他是新增的三百多名仓库兼职人员中的一位。

我站在偌大的仓库门口，一万多平方米的库房整洁极了，大家忙而不乱。每个过道整齐地堆满了飞机盒，每个人都在忙着自己所在环节的事情，动作娴熟。几十万只包裹经过传送带直接落进各家物流公司的货车上，一切都井然有序。

我不太把自己的标签设定为一个创业者，从开始充满个人感的妖精到现在的企业，期间有很长一段时间我只管埋头赶路，猛抬头发现已在半途。

我是个挺固执的人，强调计划性，对不确定因素没什么容忍度，“也许、可能、大概吧”这些词容易把我点燃，“随遇而安”这种文艺范词语基本跟我没什么大关系。

我最大的特征是强盛的控制欲。

Emma跟我完全不同，我们彼此都认为对方是外星球来的。

不过我这种人，遇上Emma这类型的几率实在是很小，即使遇上应该也是视若无睹地擦肩而过才对。偏巧那天风大路灯黑，她穿了件男式大卫衣裹了个超大围巾，只露出两只眼睛，也许我俩没来得及把彼此的本质区别看清楚，就开始共同折腾了。

·

刚开始做公司的时候，当然那会儿完全不是什么公司，五十个人以下，那是小作坊式的运营方式。我那会儿刚从原先的单位辞职不久，自己干和上班完全不同，脑子里没有一刻是闲着的，即使所有人都走光了，也在想着有没有什么遗漏的弄错的有可能发生的事故。那阵子，压力很大，脾气更大，我经常因为一点事情跟员工发火，没有办法去理解和接受任何跟自己逻辑不同的行为方式，觉得这些不可控。甚至连打印机的墨盒都要自己亲手去装，教其他人操作时，员工泼了一地墨粉，被我训了个狗血淋头。

2009年的时候，业绩一下猛冲到前列，我一边激动一边真心忐忑，因为我真的不知道为什么我们就上去了，也不知道我们的核心竞争力是什么。Emma口中说的各种灵感我不太明白，没法理出规律和逻辑，没法踏实地控制事情，让我恐慌。

之后，我千方百计让Emma试着整理出一些规律来。当然，Emma跟我完全不同，她说所有的产品之所以能引领潮流都有自身的灵气，是不可复制的。

结果，爆款规律没总结出来，Emma爆了。我们开始了历史上最激烈的一段争执。

在早年的Emma的眼里，艺术家的思维方式是不屑与我等凡夫俗子共通的，而感觉这玩意，又更是高深莫测独一无二，复制简直是种亵渎。

我后来试图抗争过一段时间，还找了助理在旁边总结她未给我的那些答案，由于没有取得太明显的研究成果，于是暂时告一段落。

后来，时隔五六年之后，Emma在今年年初主动提出把我曾经提出的爆款总结方案贯穿到新的运营改革中去。这位曾经的“文艺青年”萌发理性思维，欣赏起我当年以控制欲引发的课题。

事实证明我的固执和坚持，还是非常值得的。

得意，传说中的强远见和大格局。

2011年，当团队增加到两百人以上的时候，我已经不可能像初始阶段那样时刻清楚团队每个岗位每个人的详细工作安排。我明显觉得自己的力不从心，控制欲不能够满足时，焦躁又冒了头。开始频繁地参加各种培训。我的学习特质被高傲的Emma戏称为“饥渴海绵式吸取大法”，但凡我没有接触过或是了解较为浅显的领域，我都会“扑”上去吸个够，回来如获至宝地立即就想要实行起来。

在那个阶段里，我更崇信规则的力量。完整的规则体系和考核制度让工作稳定有序，公平透明的岗位晋升体系也是这时候的团队急需要添加的药剂。它的作用，能够弥补初始小团队以感情为主线的缺陷，不是咱们不需要感情了，而是随着人数的增加、岗位的细分，如果规则和制度不完善，反倒是件更伤感情的事。

2011年的8月，有一个在初创阶段就跟着我们的姑娘离开了她管理了几年的仓储部。长期以来，仓储部都采取人工记库位的方式，到了大型活动的时候整个仓库里都充满着“XXX，XX衣服在哪儿”的呼唤声。我们曾经当个笑话来说，仓库的员工也曾经把老员工们记得库位这件事当个神话来惊叹。但笑话的背后我特别担心，2011年的上半年，仓库发货高峰时我们才发三千多件衣服，两千个包裹左右；如果想要一反2010年的颓态，下半年势必有双十一和其他大型活动， 这样人工化的仓库流程是不可能支撑得起来的。

2011年6月，仓储部空降进来一个经理，同步带来的，还有新的理念和仓储管理方式，原先的主管很排斥。我有次去仓库，发现他来了大概已有半个月，竟然在扫地，我一问，才知道他是根本没法插手工作。

老主管觉得新空降的到来是来替代自己的，而严格的规则破坏了仓储部老员工们的感情，是彼此不再信任。被不安全感笼罩下的心态主导了所有行为。

她离开团队的时候我挺失落的，这么多年一道从几平方米的小仓库一直走到望不到边的一排排货架的现状，一起通宵包货一起熬夜扫单的日子都过去了，却单单在规范化的路上，失了信任。

后来，她听说我们2011年的双十一发了四万多个包裹。仓库的老员工们抗拒了一段时间之后，开始受益于更完善的制度，效率提高了，不用像之前那样长时间地加班。

一切都在高效起来，有了阵痛之后的质变。

嗯，她现在应该成家生子，幸福地生活着。如果她对妖精还有关注的话，应该可以理解我当时的做法，以及那些也许缺乏技巧的强硬。

我想，真正能够让团队在计划控制之内的，不是老板的急躁和坏脾气，而是建立在理解之上的规则——用公平公开的规则让团队自行遵守，流程不乱，氛围轻松。

再后来的一个阶段，团队开始大规模地进新人，从高管到任何一个岗位的基层员工，我都坚持最后一关复试由我亲自来。我希望每个进团队的人，都能被同样的标准衡量过。

从面试的聊天中，我可以发现是否是同一价值观的同伴。

我特别喜欢在面试的时候“刨根问底”，严格苛刻。任何例如“我曾经遇到了很大的困难，经过和同事一起努力，我们共同克服了困难”的官方句子是没法过关的。我一定会问“什么样的困难？多少个同伴？通过什么方法解决了困难？你从中收获了怎样的经验？”我更希望听到真诚直接的陈述。

还有一点，就是我希望每一名进入团队的伙伴，都是满含热情的，如果自己都不热爱的岗位，就像拼图没找到正确的位置，一定没法喜欢这份工作，没法投入到其中去。

在这两点的基础上，我敞开心扉地接受任何个性的伙伴，他们在任职之后多数都是合格的、可信任的。

有次，一名运营人员在新品上架时，将一件衣服价格的小数点标错，三百多元的衣服，错打成十几元。产品上架后，瞬间卖出几千件，等发现时，订单已经生成，直接损失高达六十多万元。

我的第一个念头就是把所有责任人全部痛骂一顿，该开除的立马开除。

可是，我在办公室怒了几分钟后，忍住火气逼着自己冷静下来，理头绪。

首先，事故的后果已经造成，我们是应该给顾客道歉然后让他们补足货款还是对自己造成的错误主动承担？我选择了后者，“对自己造成的结果负责”是我的口头禅，不应该有例外；其次，这名员工的错误根源在于流程不规范，一个手工操作的小粗心竟然能有这样可怕的影响，这个环节在制定时就有大漏洞。处罚她事小，更大更急切的是即刻弥补漏洞，让今后无论什么样的员工在这个岗位上工作时，再也不会犯同样错误。

最后的处理结果是：我们接受了所有损失，按时发货，该员工在月度绩效考核时得了“B”。

对规则的重视让我们避免了今后更大的损失。

对员工的理解和公正处理让她在今后的工作中更认真负责，让其他人看到了团队的人性化管理，也让他们更信服于规则的力量。

而我的控制欲，有了规则的工具做辅助之后，越发理性。

和团队一样，八年多来我一直在变化和成长，经历了非常多的事情，也曾经因为不够成熟做过一些错误的、激进的选择，有的改良着，有的留有遗憾。

我最大的成就，是想专注极致地把品牌做下去，并且看到它一直被传承着和喜爱着。国人对于零售行业的理解大多数过于风风火火，挺难有耐性一直精工细琢地做得长久。每次我在国外看到连橱窗陈列都那么有新意、饱含激情的品牌，看到周围那些能站在橱窗前细细欣赏、低声讨论、久久不离去的夫妻或朋友，都“恨”得牙痒痒。品牌之路应该是一条长远、需要韧性和耐性的路。

我最喜欢看到的，是每次团队出游或者聚会时大家玩得热火朝天的样子，他们不会忌讳我是boss而在玩CS（一种射击游戏）时放过我，或者因为怕例会上我发火而在酒桌上对我毕恭毕敬。工作上我是火爆的、说一不二的强势白羊座，团队是凝聚力和战斗力都一流的靠谱职业人；生活上我是喜欢收集各式树脂模型、爱喝苏打水和原味拿铁的简单人，团队是能疯能玩、生动的、做着真实自己的年轻人。

Emma前几天开玩笑地问我生平对她做过最浪漫的事情是什么。

我想了半天，说：“我做过最浪漫的事，就是接受一个和自己完全不同的你，我们互相改造着、磨合着、乒乒乓乓地走下去。”

这算不算个好答案？

编辑手记

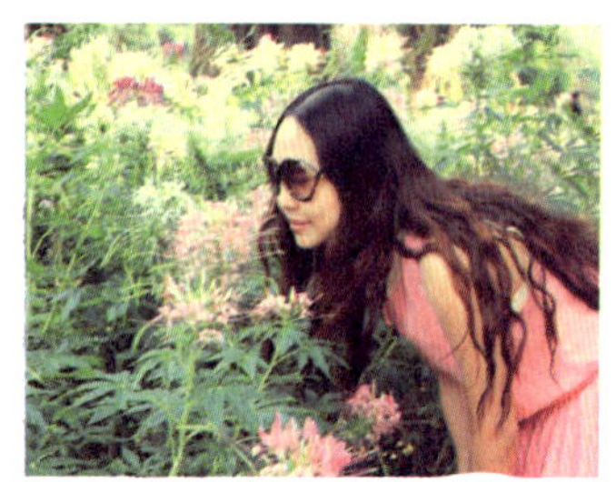

她说，愿你跳脱拘谨的生活，自由自在

文/李小含

凌晨一点，Emma传来信息，序写好了。我打开电脑，脑海突然蹿出盘腿窝在她家沙发里敲键盘的那些时日。犹记得3月31日凌晨两点，天气竟然发疯似的热得要命。我们抱着电脑陷在沙发里，电脑的光映在我们的脸上；电风扇在高台上吹得呼呼作响；酒杯里的液体忽明忽暗，我们碰杯仰头笑闹着放下酒杯然后敲字。到现在，我还记得手指敲在键

盘上的声音。那声音特别奇妙，急速但很流畅，正如那一刻和下一刻的心情。

晚饭的时候，我们喝了数杯的红酒。庸俗地说，我们相谈甚欢，稿子的脉络已经明细，剩下的就是在有限的时间里敲出无限的可能性，真美妙。辗转到楼下，Emma拎出来一瓶威士忌，她说，够味才能流畅地写下去。

好吧，那就来一杯烈酒吧，不掺杂任何红茶绿茶雪碧可乐芬达美年达的烈酒。

我们碰杯喝掉把酒再倒上，然后借着酒劲把一个一个字码在一起，就像把现实和梦想的某些东西丢进某个地方，安放保存珍藏。

2014年9月，南京，第一次见Emma。去的时候，刚好赶上他们在开会，木子姑娘带着我们四处转了一圈。妖魅的玫红，我多年前最钟情的颜色；年轻的面庞，进进出出，忙忙碌碌；墙上绘着各种个性的图案；角落里贴着有调性的标语……

潇潇出差前，我和雪漫姐在会议室聊选题规划及进度，提到Emma这本书时，我说我看看大纲来做下规划吧。看完大纲，我跟雪漫姐说，这稿子我和潇潇一起跟吧。所以，他们第一次在瓦库喝茶的时候没有我。我本来只是来串场的统筹工作者，不料进来就没有退场。因为没有做任何功课，双脚踩在南京的土地上的那一瞬，我便被自己内心里的各种问题困住了。

Emma是谁？能不能投缘？

妖精的口袋是什么调性？

稿子怎么做？框架怎么搭？文风怎么走？

要打这场无准备之仗，我整个人有点局促不安。

所以，逛了几层楼，走了很多路，并没有打消我的不安和疑虑。

Emma开完会，我和潇潇去了她的办公室。外面的天气热得让人窒息迷糊，房间的温度低到让人瞬间清醒。她坐在电脑前，抬起头挑着眉毛睁大眼睛，问，你们喝什么，饮料还是茶？

我笑着说，都可以啊。

瘦瘦的她踩着高跟鞋蹲在冰箱前取饮料给我们，她的长发散下来，我突然觉得我们之间的距离拉近了一分。没有任何缘由。

我们围坐在她的办公桌前，潇潇问，她来答，我补充。疑问和不安在她的笑里慢慢化解消退。我们在几天时间里聊完了她的小学中学大学，聊完了她的从教创业，聊完了她的恋爱结婚……

天聊嗨了，酒喝好了，稿子却没有了踪影。先是十一长假，接着就是双十一，然后又来了双十二，之后又是他们的年会，接着就是春节。

时间一天天地飞过，可稿子还停留在她最初的一万字上，而且还是思绪飞跃的一万字上。

真是让人不安。

我发给她的微信，内容大多是，稿子写了吗？

忙完这段就写。

嗯，好的，忙完这段就写，那我们再等一等。

Emma总算有那么一段时间，撇开各种繁忙的工作，端着她的酒杯自斟自饮，把专属于她的文字倾倒出来了。可是，她又要飞日本。航班是早上七点，凌晨三点她还端坐在书桌前，酒杯里盛过白兰地，最后被她换成了威士忌，这些文字全部迸发。

凌晨三点半，我收到她的初稿，她还附赠了我六个问题。

怀着忐忑打开文件，这些字符，稳稳当当狠狠地给了我一击。我整个人都跳跃起来，高兴喜悦这些词语都不足以表达看到初稿的兴奋感。就像幼时父母买了最爱吃的食物递过来；就像十八岁时喜欢的人路过身边；就像在巨大的货架前觅到自己心爱的小物件……但是，又不同于这些。

这感觉，特别微妙。

我很认真地回复了她的邮件，六个问题一一回复。写邮件的时候，内心那无法言喻的欢愉一直在跳动。我说，很期待图书上市的那一天，虽然图书上市，只是另一个开始。

然后，我又忐忑地将写着修改意见的邮件发送给她。

嘿，她竟然俏皮地说，这封邮件是情书。

你看，她总是这样，默默化解我的不安。我以为忐忑不安的沟通，最后都以喜笑颜开结束，就差点开视频遥喝一杯了。

Emma从日本回来后，我和潇潇带着“不完稿就扎根住在南京”的信念，果断入住。白天跟着她上班写稿，晚上跟着她回家写稿。白天，我们围坐在办公室，她不开会的时候，我们在；她开会的时候，我们还在。晚上，我们盘坐在饭桌前，我们窝在沙发里，毛线哥在跟前绕来绕去。去年的不安忐忑被今年至死不渝必须拿到稿子出版上市的绝对理念压制，不敢再冒头。

不过，拘谨还是有的。一拘谨，我就会打圆场说，我是摩羯座嘛。

Emma喝了一口酒说，你这个四平八稳的摩羯应该有另一个极致。她说，我们要醉一次，醉一次就知道另外一个你什么样子。对，我常常把自己锁在一个自我设定的圆环里，过于在乎别人对自己的看法，就会把自己绷得很紧。

Emma把我带去喝酒，我迷迷糊糊落座，我忐忑不安举杯。当然，她如愿了。

虽说小龙虾刚刚上市，但不影响它的肥美度；洋河酒还是多年前的味道；白葡萄酒滑入喉中带着几分甘甜。对南京的旧情愫上来，兴致一起，酒杯一扬。然后，然后，我就醉了。

第二天，她大概担心我会觉得窘迫，发微信给我，没关系，我们什么都不记得。很奇怪，我没有觉得不安，没有觉得窘迫，特别坦然。

这种坦然比抓心挠肺地猜测别人怎么看待自己来得更加酣畅淋漓。

正如她说的，做个劝者不如做个怂恿者，惊喜总在规则之外。这种坦然，是催稿的意外收获，是她给我的惊喜。

当然，惊喜不止这些。

他们团队的协调性，员工的执行力，与厂商的亲密度，小伙伴们的热情度，衣服的调性……每一处都埋着彩蛋，藏着惊喜。

总是会问“然后呢”的刘老板看上去冷冷的酷酷的，其实故事丰富到一大筐也装不下。

带着黑框眼镜的华小玥一副特别斯文不食人间烟火的模样，其实是个暗藏文字爆发力的小精灵。

还听说，杨静剪了短发，若曦烫了卷发。

也一直没问出口，王鹏冒雨带我们去吃饭那天撞坏的前杠，应该早就修好了吧。

深夜敲完这些字，又想起另一夜，我和Emma在微信上聊稿子的结构和进展。

忘记频道是怎么切换的。Emma突然说，女孩子么，还是要任性点，做喜欢的事情，吃爱吃的食物，选想要的物品，爱想爱的人。

咦，眼泪竟然跟着这些字四处打转，转啊转啊转，然后又跌回泪腺，倒流进心里，被血液稀释，被情绪埋藏。

然后，有种豁然开朗的错觉。

嗯，对，错觉。你看，像我这样总是嘻嘻哈哈淡定从容的大龄女青年，竟然也是眼泪丰富情绪高涨内心澎湃。只是这些丰富这些高涨那些澎湃，大多时候都留给了自己。

应该有很多姑娘跟我一样吧，外表冷静，内心热烈。看似一副风淡云轻的模样，其实，其实，只是需要一把火点燃一下，就会释放，释解，释然。

时间自有来速，所有不开心的都会被淡化，所有模棱两可的都会有个完结，所有沉闷无解的问题也会被解开……而我们最终都会在自己喜欢的路上奔跑，在喜爱的人面前停靠，在属于自己的角落随意舞蹈。是啊，我们都要学会释然。释然才能丢掉更多的拧巴，创造无限的可能，给予无穷的包容，享受无尽的愉悦。

我们都需要勇敢一点，任性地勇敢一点。

此时，陈粒在耳边唱：

相逢太短不等茶水凉

你扔下的习惯还顽强活在我身上

我相信，我们举杯碰撞的那一刻，我们思路对冲的每一秒，都有一种相见不晚的喜悦藏在里面。而她深夜在饭桌上沙发里微醺时敲下封存珍藏的，有她的故事她的情怀，有她的天马行空，也有她不愿意回头的苦痛沉闷，但每一个字都透着她的倔强努力坚持坚韧以及对各种美妙的期许审视接纳传递。

没有故意做作，没有特意渗透，没有刻意伪装，可是就是和别人不一样。

她说，愿你跳脱拘谨的生活，自由自在。

我说，祝你怀揣美妙的理想，如约而圆。

编辑手记

世间所有相遇都有秘密

文/潇潇

今年我二十五岁，和Emma离家出走一个年纪，不知天高地厚，不知为人处世，不知何处收敛何处张扬，只挂着一副不服输不认命的倔强。含姐说，在我这个年纪遇见Emma真的很幸运。

是的，遇见Emma对我来说真的真的很幸运。

平时的我话不多，只有和很熟络的人才会嘻嘻哈哈疯疯癫癫，一会儿一个想法一会儿一个念头，思想这一刻站在巴黎埃菲尔铁塔顶上跳舞，下一刻就会蹲在埃及金字塔下发闷骚，彻彻底底的古怪水瓶座。

在见Emma的前几天，几乎每天下班我都在逛超市，把回老家要买的东西一一记下来生怕遗漏了带给谁的礼物，没想到临近中秋节雪漫姐交给了我一个特大的任务，

“Emma？Emma是谁？”

“妖精的口袋创始人。”

“噢，我天……真的假的？”

“真的啊，过两天去南京，好好准备一下策划案，你需要好好了解Emma这个人。”

“过两天……好的……”

老板，过两天是中秋节！心里苦叫。不过妖精的口袋的吸引力远胜于期盼了好几周的中秋团圆节。

说实话，我身边十个姑娘里面，就有八个穿妖精家的衣服，还有两个穿森宿。当听到要做妖精的口袋创始人的书，真的很吃惊，忐忑，压力山大，同时退了早就买好的回家的火车票。

再说实话，网上关于Emma的信息真的很少，不对，是几乎没有，不对，是一条也没有。除了微博之外，找不到关于Emma的任何报道，而且我还一直怀疑这个Emma是不是妖精的口袋的创始人（Emma姐莫要打我，捂脸）。

翻遍了她所有微博的信息，从第一条到最后一条，熬了几个夜，把策划案由五页变成十五页，弄得花里胡哨。

来南京那一天，恰巧是中秋节，我就在中秋节这一天与传说中的Emma见了第一面。

地点约在瓦库茶社，文艺腔调具足的一家茶社，古色古香，确实有瓦片。第一次见到Emma，一头棕色长卷发，令人羡慕的尖下巴，瘦瘦的身材，盯着你的时候眼神发亮，让你有被深深信任的感觉。我记得那天她穿了一件黄色宽松开衫，踏着一双红色细高跟，没有穿袜子，光脚，脖子上戴着一个有Emma字母的项链。

我们边吃桂花双皮奶边喝茶边聊图书和电影的工作，Emma说话直接，一点都不拐弯抹角。我打开电脑开始讲解几天前熬夜做好的PPT。一个劲地忽悠，我们做书很多优势哦，咱们风格很搭哦，书畅销了有大大的好处呦……还没忽悠完，Emma就笑了："这些你都不用讲了，准备书稿提纲吧。"

说得我一脸尴尬又觉得特爽。嗯，这简单直接，我喜欢。

同样是在微博上，了解到Emma是双鱼座，我身边的姑娘几乎都是双鱼座，她们把三月份的生日排得满满的，但第一次见面，我却感觉到她浑身散发着狮子座的气息，直接、热情、自信、不肯认输。这和我接触的双鱼座有点不同。

谈完书稿的事情，刘老板和Emma开车带我们回湖南路，大约下午五六点的样子，除了某个路口鸭子店外排起的长龙，南京城无丁点的过节氛围。本来还约了晚上一起吃饭吃月饼来着，因为还有其他事情连晚饭也没来得及一起吃。

刚回到北京，Emma就在深夜里发了我写作大纲，没过几天就敲定了整本书的写作提纲，一切都很顺利。

某一天，Emma发了一个朋友圈，和我玩得很好的闺蜜李小姐竟然点了赞，我在底下留言问，你们怎么认识啊，原来这个闺蜜在半年前就已经联系过Emma，要做她的书，因为种种原因没能做成。世间人与人的缘分，真令人唏嘘。

前段时间我搬家，竟然搬到了和李小姐同一个小区，步行两分钟就可以互相串门。世间人与人的缘分，张大口惊叹都不觉得动作夸张。

还是去年。九月份，书稿大纲定下来之后我便和含姐去了南京，在火车上，我跟含姐一人啃了一盒周黑鸭，很久没有吃辣的缘故，感觉快要被辣死了，脚落在南京的那一刻，仍是火辣辣的感觉，想要喷火。

九月的南京，空气里弥漫着好闻的桂花香，我拉着紫色的小行李箱奔走在南京的大街上，啊，这里有桂花香，那里也有桂花香，怎么走到哪里都能闻到桂花香！第一次遇见南方的“九月桂花香”，生命里又多了份新经历。

每天，穿过一路桂花香我们步行到建邺区的金基广场。Emma办公室里摆满了各种可爱的小玩意，书架上放了很多书，她竟然还有自己的小冰箱，冰箱里藏了很多零食。下午的阳光透过窗户照在木质地板上，我们三个人就这么面对面，一个人讲两个人听，不知不觉天就黑了。

Emma的故事很精彩，她说她很少像这样回头看走过的路，她说她不敢回头，怕自己哭，索性低下头往前走吧，能走多远走多远。她跟我们讲的时候，嘻嘻笑笑，一丁点的苦涩也看不出来，就像她这本书一样，语调是轻松调皮的，不是一个励志故事。励志故事，只有尚未经历过付出与努力的人才想看。这是我后来明白的道理。比起励志，也许轻松的、欢快的东西更适合生活。

接触越多，越发现Emma确实是个双鱼座，如假包换。双鱼的公主梦的幻想在她文案上可以体现，在她对爆款的理念上可以体现，感性指引一切。

后来书稿的进度并没有想象中快，从十月到十一月到十二月再到2015年，再到现在，每一天对我来说，都是煎熬。直到Emma交稿，一口气读完稿件，才大大松了一口气。

那天正好和雪漫姐去见猫力，吃完饭我跟雪漫姐说，Emma写得真好，写得真好，雪漫姐拍着我的肩膀说："慢慢做，不要着急，做一本就要做好一本。"

我说："嗯。"

今年三月底，又去了南京，这也是我第一次在春天来南方。南京街头的树枝新叶覆盖着旧叶子，莫愁湖的樱花也开得绚烂，一切都那么朝气蓬勃。在妖精家，还认识很多小伙伴，温柔有才的华玥，经常不穿胸衣的若曦（和我一样，哈哈），看着很小却已经当妈妈的小猪，干脆利落的杨静姐，说话轻柔的某男性设计师，还有训哭很多姑娘的王鹏，还有，还有开车带我们去各种地方的李小贱（到现在都不知道真名，只知道艺名，莫怪，哈哈）。他们每个人都特别可爱。

华玥姑娘带我们去吃了蜜汁裹的萝卜，荷叶包的糯米排骨，藏着蛤蜊的鸡蛋羹，还有南方特有的没有汤的臊子面。好似南京每个不起眼的小店都有一道绝世佳肴，真想留下来嫁一个南京奶油小生，哈哈。

除了吃，写稿的过程也少不了喝。喝，当然是喝酒，啤的白的红的，能激发灵感与创作的，都是好酒。以前很少喝酒的，除了毕业的时候，鼓起勇气灌了一杯又一杯，结果醉得脚步不稳，头疼欲裂。那晚还有两个男孩对我表白来着，但是自己已经醉得不省人事，又或许自己假装的，真真假假记不清楚了。

这次在南京，喝了很多酒之后，我们在车里大声唱歌，唱《董小姐》唱《回到拉萨》，“没完没了的姑娘，没完没了的笑”，头抵着玻璃窗，窗外是城市的霓虹灯，一闪一闪，那一刻我知道自己非常非常开心，各种high。

还有一场，我坐在Emma旁边，周围都是醉了的人，我端起满满一杯啤的敬她，痴痴傻傻地说："我不会说话，也不怎么说话，也不知道说什么……"然后，然后自己怎么结束的都忘了，哈哈，简直傻得要死。

Emma说："没事，够真诚就好。"

一饮而尽。

我知道背后含姐和Emma肯定笑死了，笑这么幼稚的我，笑这么傻不啦叽的我。

如果没有遇见Emma，我想我不会懂得怎么去放开自己；如果没有遇见Emma，我想我不会知道简单有时候也是件好事；如果我没有遇见Emma，也不会晓得原来工作并不是苦逼兮兮加苦逼兮兮，也可以快乐生活的同时开心创作。

世间所有的相遇都有秘密，这些人会潜移默化影响着你，性格、习惯、思维方式、饮食、态度，都会在你身上留下痕迹，缘分的秘密一点一点展开，在某个未来的清晨，你会在你身上领悟当初遇见的含义。很开心能够遇见Emma，乐观的，坚强的，外加几分梦幻的，我保证，这些秘密都会顽强地活在我身上，在未来遇见一个更好的自己。

特别鸣谢

宣传执行：牛　牛　陈肉肉

文案指导：华　玥

视觉监制：杨　静　陈若曦

内文插图：猪小猪　叶　枝

摄 影 师：柏　寅　阿　光

特别鸣谢：参与本书制作的所有可爱的妖精工作人员